निर्णय
लेने का
आसान तरीका
दुनिया का सबसे छोटा मंत्र

बेस्टसेलर पुस्तक
'विचार नियम' के रचनाकार
सरश्री
की शिक्षाओं पर आधारित

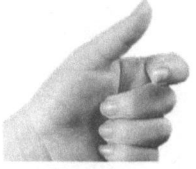

निर्णयों के परिणामों की भूलभुलैया में
आत्मविश्वास से जीने की कहानी

सरश्री द्वारा रचित श्रेष्ठ पुस्तकें

१. इन पुस्तकों द्वारा आध्यात्मिक विकास करें

- निःशब्द संवाद का जादू - जीवन की १११ जिज्ञासाओं का समाधान
- रहस्य नियम - प्रेम, आनंद, ध्यान, समृद्धि और परमेश्वर प्राप्ति का मार्ग
- स्वयं का सामना - हरक्युलिस की आंतरिक खोज
- कर्म का कानून - कर्मजीवन सरश्री और आप
- ध्यान नियम - ध्यान योग नाइन्टी
- सत्त् चित आनंद - आपके 60 सवाल और 24 घंटे
- सद्गुरु नानक - साधना रहस्य और जीवन चरित्र
- ए टू ज़ेड २६ सबक - 26 Lessons of life
- पहले राम फिर काम - भक्ति शक्ति रामायण पथ
- संत ज्ञानेश्वर - समाधि रहस्य और जीवन चरित्र
- शिष्य उपनिषद् - कथाएँ गुरु और शिष्य साक्षात्कार कीं

२. इन पुस्तकों द्वारा स्वमदद करें

- विकास नियम - आत्मविकास द्वारा संतुष्टि पाने का राज़
- इमोशन्स पर जीत - दुःखद भावनाओं से मुलाकात कैसे करें
- संपूर्ण प्रशिक्षण - आत्मविकास के लिए सीखें महान महारत तकनीकें
- वार्तालाप का जादू - कम्युनिकेशन के बेहतरीन तरीके
- नींव नाइन्टी - नैतिक मूल्यों की संपत्ति
- स्वसंवाद का जादू - अपना रिमोट कंट्रोल कैसे प्राप्त करें
- संपूर्ण लक्ष्य - संपूर्ण विकास कैसे करें
- संपूर्ण सफलता का लक्ष्य
- निर्णय और ज़िम्मेदारी - वचनबद्ध निर्णय और ज़िम्मेदारी कैसे लें
- असफलता का मुकाबला - काबिलीयत रहस्य

३. इन पुस्तकों द्वारा हर समस्या का समाधान पाएँ

- स्वास्थ्य के लिए विचार नियम - मनः शक्ति द्वारा तंदुरुस्ती कैसे पाएँ
- सुनहरा नियम - रिश्तों में नई सुगंध
- स्वीकार का जादू - तुरंत खुशी कैसे पाएँ
- समय नियोजन के नियम - समय संभालो, सब संभलेगा

४. इन आध्यात्मिक उपन्यासों द्वारा जीवन के गहरे सत्य जानें

- मृत्यु पर विजय मृत्युंजय
- जीवन की नई कहानी मृत्यु के बाद - G1 का पारटू एक कहानी से सीखें
- बच्चों का विकास कैसे करें - एक कहानी से सीखें

पाठक, कृपया ध्यान दें!

इस किताब को शुरुआत से अंत तक पढ़ना मना है!

आपके हाथ में एक ऐसी कहानी (मंत्र) की किताब है, जिसके रचनाकार आप स्वयं हैं। जी हाँ... इस किताब के किरदारों की कहानी आप खुद लिखनेवाले हैं। यह आपके चुनाव पर निर्भर करेगा कि किरदारों के जीवन में खुशियों की बहार आती है या उन्हें दुःख के दलदल का सामना करना पड़ता है, वे सबसे प्रेमपूर्वक व्यवहार करते हैं या क्रोध, नफरत एवं ईर्ष्या जैसे विकारों के शिकार बनते हैं।

अगर आप सही चुनाव करते हैं तो इस किताब के किरदार एक आदर्श जीवन जी पाएँगे... अगर आप गलत चुनाव करते हैं तो... चिंता न करें! यह किताब आपके गलत चुनाव को सही चुनाव में बदलकर हर किरदार के सर्वांगीण विकास की कहानी प्रस्तुत करेगी।

1. इस किताब में वर्णित छोटी उम्र के किरदारों को देख, इसे बच्चों की किताब न समझें। इसमें दी गई कहानी पाठक को मूल्यवान सीख देती है, फिर चाहे पाठक की उम्र तेरा साल हो या तिहत्तर साल।
2. इस किताब को पृष्ठ क्रमांक 1 से पढ़ना शुरू करें।
3. हर पृष्ठ के नीचे दी गई सूचना के अनुसार अगला पृष्ठ पढ़ने का निर्णय लें।
4. कुछ पृष्ठों पर सूचना में एक से अधिक विकल्प दिए गए हैं। इन विकल्पों का चुनाव करते समय खुद को उस किरदार की जगह रखकर कपटमुक्त मनन करें कि उस परिस्थिति में आप खुद कौन सा निर्णय लेंगे? आपके मन में जो जवाब सबसे पहले आए, उसका चुनाव कर, वही पृष्ठ पढ़ें।
5. आपके निर्णयानुसार कहानी आगे बढ़ती जाएगी।
6. अगला चुनाव करते हुए यदि उलझन हो तो पुस्तक के अंत में पृष्ठ क्र.58 पर दिया गया फ्लो चार्ट देखें।

इस किताब की एक और विशेषता यह है कि आप इसे दोबारा पढ़ेंगे तो कहानी बदल जाएगी। आपके चुनाव और निर्णय पर निर्भर करेगा कि आप कहानी का कौन सा रूप पढ़ेंगे। इस किताब की रूप रेखा इस तरह बनाई गई है कि आप 'निर्णय लेने के पहले कदम' के बारे में केवल जानेंगे ही नहीं बल्कि पढ़ते हुए इस कदम को अपनाएँगे भी! पुस्तक पढ़ने का निर्णय लेने के लिए आपको शुभेच्छा! हॅपी थॉट्स!

निर्णय लेने का आसान तरीका

दुनिया का सबसे छोटा मंत्र

© Tejgyan Global Foundation

All Rights Reserved 2017.
Tejgyan Global Foundation is a charitable organization with its headquarters in Pune, India.

सर्वाधिकार सुरक्षित

वॉव पब्लिशिंग्ज् प्रा. लि. द्वारा प्रकाशित यह पुस्तक इस शर्त पर विक्रय की जा रही है कि प्रकाशक की लिखित पूर्वानुमति के बिना इसे व्यावसायिक अथवा अन्य किसी भी रूप में उपयोग नहीं किया जा सकता। इसे पुनः प्रकाशित कर बेचा या किराए पर नहीं दिया जा सकता तथा जिल्दबंद या खुले किसी भी अन्य रूप में पाठकों के मध्य इसका परिचालन नहीं किया जा सकता। ये सभी शर्तें पुस्तक के खरीददार पर भी लागू होंगी। इस संदर्भ में सभी प्रकाशनाधिकार सुरक्षित हैं। इस पुस्तक का आंशिक रूप में पुनः प्रकाशन या पुनः प्रकाशनार्थ अपने रिकॉर्ड में सुरक्षित रखने, इसे पुनः प्रस्तुत करने की प्रति अपनाने, इसका अनूदित रूप तैयार करने अथवा इलेक्ट्रॉनिक, मैकेनिकल, फोटोकॉपी और रिकॉर्डिंग आदि किसी भी पद्धति से इसका उपयोग करने हेतु समस्त प्रकाशनाधिकार रखनेवाले अधिकारी तथा पुस्तक के प्रकाशक की पूर्वानुमति लेना अनिवार्य है।

प्रथम संस्करण : फरवरी 2017
रीप्रिंट : अगस्ट 2019
प्रकाशक : वॉव पब्लिशिंग्ज् प्रा. लि., पुणे

Nirnay Lene Ka Aasaan Tareeka, Duniya Ka Sabse Chhota Mantra
Based on the teachings of **Sirshree** Tejparkhi

by Tejgyan Global Foundation

दुनिया का सबसे छोटा मंत्र

1

उम्र में केवल बारह साल का मगर खुद को हमेशा दूसरे बच्चों से बड़ा समझनेवाला सिद्धांत आज माँ से बड़ा नाराज़ था। स्कूल के बाद माँ के साथ बाज़ार गए हुए सिद्धांत को कॅलिडोस्कोप* ने अपनी ओर आकर्षित किया था। इस छोटे से जादुई खिलौने में देखे हुए रंगों के पैटर्न अब भी उसकी आँखों से सामने घूम रहे थे। पहले सुहावने लगनेवाले ये पैटर्न अब मानो उसे चिढ़ा रहे हों... कॅलिडोस्कोप की याद में सिद्धांत के कोमल गाल नाराज़गी से फुले हुए थे। उसने खाना खाने से साफ मना कर दिया था। माँ उसे हर तरह से मनाने की कोशिश कर रही थी, 'अरे, सिद्धांत चलो न बेटा... मैंने तुम्हारे मनपसंद आलू के पराठे बनाए हैं। खाने पर गुस्सा निकालना गलत बात है।'

सिद्धांत ने माँ को क्रोधभरी नज़रों से देखा और कहा, 'जब तक मुझे कॅलिडोस्कोप नहीं मिलता, मैं खाना नहीं खाऊँगा!' माँ ने दृढ़तापूर्ण स्वर में जवाब दिया, 'मैंने तुम्हें कॅलिडोस्कोप से खेलने के लिए मना नहीं किया है... अपने भैया की मदद लेकर खुद कॅलिडोस्कोप बनाना सीखो और जितना जी चाहे खेलो...' सिद्धांत के भैया का नाम था संकल्प, जो उम्र में उससे तीन साल बड़ा था।

'लेकिन माँ, उसे बनाने में तो समय लग जाएगा। मुझे कॅलिडोस्कोप से अभी इसी वक्त खेलना है... प्लीज खरीदकर दो ना! क्यों मना कर रही हो?'

'क्योंकि कॅलिडोस्कोप तुम्हारी ज़रूरत नहीं, चाहत है?'

'ओह माँ (आश्चर्य के साथ).... इसका क्या मतलब हुआ?'

सिद्धांत की माँ, कमल ने उसे अपनी गोदी में बिठाकर प्यारभरे स्वर में समझाया, 'अकसर लोग जब खाओं पर काबू न रख पाना जैसी आदतों में अटककर इंसान अपने मेहनत की कमाई अनावश्यक चीज़ें खरीदने में ही खर्च कर देता है। ऐसे फिजूल खर्च करनेवाले लोग फिर अंत में इस विचार में डूब जाते हैं कि आखिर मेरे पैसे गए तो कहाँ गए?

'अगर तुम चाहते हो कि पापा की तरह पैसे कमाने पर तुम्हें यह सवाल न आए तो खुद से हमेशा पूछना- ज कि च? यानी यह चीज़ खरीदना मेरी आज

** कार्डबोर्ड का एक पाइप, जिसके अंदर त्रिकोण के आकार में चिपकाए शीशे के तीन टुकड़े होते हैं और काँच की चुड़ियों के कुछ टुकड़ों से बना कॅलिडोस्कोप देखनेवाले के समक्ष रंगों का आविष्कार करता है।*

ज कि च?

आगे की कहानी पृष्ठ क्रमांक 2 पर पढ़ें।

की ज़रूरत है या चाहत? तुम्हारे ही उदाहरण से समझो... मैंने आज तुम्हें नए जूते खरीदकर दिए मगर कॅलिडोस्कोप खरीदने से मना कर रही हूँ। हालाँकि कॅलिडोस्कोप तो जूते से काफी सस्ता है... फिर भी मैंने ऐसा किया क्योंकि जूते तुम्हारी आज की ज़रूरत हैं वरना कल स्कूल में फटे हुए जूते पहनकर जाना पड़ता और तुम्हें टिफिन की जगह टीचर की डाँट खानी पड़ती। लेकिन कॅलिडोस्कोप तुम्हारी चाहत है। अब इस क्षण तुम्हारे पास कॅलिडोस्कोप नहीं है तो क्या तुम्हें कोई खास फर्क पड़ रहा है? कॅलिडोस्कोप के साथ जो तुम आज करनेवाले थे, वही कल भी कर सकते हो। इसलिए मैंने तुम्हें आज कॅलिडोस्कोप खरीदकर नहीं दिया... समझे?'

'हाँ माँ... समझ गया... लेकिन खरीदकर देती तो इस वक्त मैं अपने दोस्तों को कॅलिडोस्कोप दिखाकर जला रहा होता... मेरा नया खिलौना देखकर सब मेरी तारीफ कर रहे होते...!'

'सिद्धांत... तुम दोस्तों को जलाना चाहते हो क्योंकि उन्होंने तुम्हारे साथ कभी वैसा व्यवहार किया था। इसका मतलब हुआ तुम उनसे बदला लेना चाहते हो, अपने खिलौनों का दिखावा करना चाहते हो? बेटा, यह तो गलत बात है। इससे तुम्हारे दोस्तों को बुरा लगेगा... ठीक उसी तरह जैसे तुम्हें बुरा लगा था। इससे तुम्हारी दोस्ती पर भी असर पड़ेगा... और क्या तारीफ पाना तुम्हारी ज़रूरत है या चाहत? क्या तारीफ मिलने से कॅलिडोस्कोप में रंगों के अधिक आकर्षक पैटर्न दिखेंगे? और तारीफ न मिलने पर नहीं दिखेंगे? तुम खुद ही इन सवालों पर सोचो... अगर तुम्हें लगता है कि कॅलिडोस्कोप खरीदना चाहिए तो ये रहे पैसे।' माँ ने सिद्धांत के हाथ में कुछ पैसे थमा दिए। 'और अगर तुम्हें लगता है कि कॅलिडोस्कोप खरीदने की ज़रूरत नहीं है तो ये पैसे मुझे लौटा देना... मैं अपने कमरे में किताब पढ़ने जा रही हूँ... ठीक है! कोई भी निर्णय लेने से पहले एक बार सोचना ज़रूर', कहकर कमल अपने कमरे में चली गई।

ज कि च?

अगर आप चाहते हैं कि सिद्धांत कॅलिडोस्कोप खरीदे तो पृष्ठ क्रमांक 10 पर जाएँ।
अगर आप चाहते हैं कि सिद्धांत कॅलिडोस्कोप न खरीदे तो पृष्ठ क्रमांक 13 पर जाएँ।

दुनिया का सबसे छोटा मंत्र

3

इंद्रजीत, सिद्धांत के पापा अकसर अपने बेटों को स्कूल लाने जाया करते थे। अपना प्यार जताने के अनगिनत तरीके उन्हें ज्ञात थे, जैसे बच्चों को पढ़ाई में मदद करना, उनके खेल-कूद का हिस्सा बनना, उन्हें स्कूल लेने जाना इत्यादि। एक दिन पापा सिद्धांत को स्कूल से लाने गए तो उसका मुँह फूला हुआ ही था। वह पापा से बात करने के लिए भी तैयार नहीं था, बस चुपचाप आकर कार में पापा की बगलवाली सीट पर बैठ गया। सिद्धांत की उदासी का कारण जानने के लिए पापा ने उससे प्यार से पूछा, 'लगता है, आज तुम्हारा मूड खराब है। शायद टीचर ने डाँटा है!'

'नहीं पापा, टीचर की डाँट का उतना बुरा नहीं लगता, जितना दोस्तों की हँसी उड़ाने का।'

'लेकिन हुआ क्या है?'

'आज स्कूल में स्पीच कॉम्पिटीशन (वक्तृत्व कला स्पर्धा) थी। उसमें मैंने भी हिस्सा लिया था। मैंने स्पीच अच्छा लिखा था मगर स्टेज पर जाकर मैं अपना स्पीच भूल गया। सब मुझ पर हँस रहे थे। ऐसे कोई किसी पर हँसता है क्या?'

'ओ... तो इतनी सी बात है। सिद्धांत, आज मैं तुम्हें ''ज कि च?'' का एक और अर्थ बताता हूँ- 'जोक या चोट' यानी किसी भी परिस्थिति को हमें जोक समझना चाहिए या उसे चोट समझना चाहिए।'

'यह कैसा सवाल है? अगर जोक है तो जोक ही समझेंगे और चोट लगी है तो चोट समझेंगे।' सिद्धांत को यह विषय अधिक स्पष्ट करने के लिए पापा ने उसे एक चुटकुला सुनाया, 'दो मित्र रास्ते से कहीं जा रहे थे तभी उनमें से पहले मित्र के ऊपर कौए ने शरारत की और बेचारे के कपड़े खराब हो गए। इस पर उसने अपने मित्र से कहा, 'अच्छा हुआ आसमान में केवल पक्षी ही उड़ते हैं... अगर गाय उड़ पाती तो सोचो मेरा क्या होता!'

सिद्धांत अपनी उदासी भूलकर हँस पड़ा। पापा ने आगे समझाया, 'पता है इस चुटकुले से हमें क्या सीखना है? ''ज कि च?'' उपरोक्त चुटकुले में लड़के ने कपड़ों पर शरारत होने जैसी घटना को चोट की तरह लेने के बजाय जोक की तरह लिया।

आगे की कहानी जानने के लिए पृष्ठ क्रमांक 4 पर जाएँ।

ज कि च?

इसलिए वह उस घटना के बाद भी हँस पाया, खुश रह पाया। अगर वह घटना का बुरा मान लेता तो क्या हँस पाता? नहीं... बल्कि चिड़चिड़ करके अपना पूरा दिन खराब कर देता।'

'लेकिन पापा, मेरे सारे दोस्त मुझ पर हँस रहे थे।'

'तो उससे तुम्हारा क्या नुकसान हुआ बेटा? अकसर लोग छोटी सी चोट लगने पर भी ऐसे चिल्लाते हैं, मानो उन पर कोई पहाड़ टूट पड़ा हो। ऐसा करने से उन्हें कुछ हासिल नहीं होता... बस वे लोगों का ध्यान अपनी ओर खींचना चाहते हैं। इसके बजाय अगर वे अपनी गलती पर ध्यान दें और कोशिश करें कि ऐसी गलती दोबारा न हो तो ऐसा करने में उन्हीं का फायदा है। वरना घटना पर रोते बैठने में उनका नुकसान ही है! क्या तुम चाहते हो कि तुम्हारा किसी भी तरह का नुकसान हो?'

'नहीं! आप सही कहते हैं पापा... मैं उसी वक्त घटना को जोक समझकर अपना स्पीच पूरा कर सकता था मगर मैंने दुःखी होकर वह मौका गँवा दिया।'

बातों-बातों में समय कैसे निकल गया, पता ही नहीं चला। अब पापा और सिद्धांत घर के पार्किंग में पहुँच चुके थे। अंदर जाकर सबका सामना करने के विचार से सिद्धांत कुछ डर सा गया था। 'मुझे अब भी बुरा लग रहा है। पापा... प्लीज घर पर इसके बारे में किसी को मत बताइएगा वरना भैया फिर से मेरा मज़ाक उड़ाएँगे।'

घर की घंटी बजाते हुए पापा ने कहा, 'तुम कहते हो तो नहीं बताऊँगा लेकिन मुझे लगता है कि तुम्हें बताना चाहिए। हो सकता है भैया तुम्हारी मदद करें।'

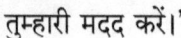

ज कि च?

क्या सिद्धांत पापा की बात मानेगा? जानें पृष्ठ क्रमांक 44 पर।
क्या सिद्धांत इस घटना को घर के अन्य सदस्यों से छिपाएगा? जानने के लिए पढ़ें पृष्ठ क्रमांक 28

5

दुनिया का सबसे छोटा मंत्र

सिद्धांत अपने परिवार के मार्गदर्शन में हर रोज़ 'ज कि च' का अभ्यास कर रहा था। साथ ही भैया के साथ मिलकर वह हर रोज़ तेज़ज्ञान की किताबें जैसे– 'गुस्सा छू मंतर, नींव नाइन्टी फॉर टीन्स, विचार नियम फॉर टीन्स' इत्यादि पढ़कर अपने आपमें कई बदलाव ला रहा था। दोनों बच्चे उच्च शिक्षाओं (ज्ञान) का इस्तेमाल करना सीख रहे थे लेकिन मानसिक तौर पर वे अभी पूरी तरह से तैयार नहीं हुए थे, सूक्ष्म स्तर पर कार्य करना बाकी था। इसी का सबूत देते हुए आगे दी गई घटना इस परिवार के जीवन में घटी।

उस दिन भी जब सिद्धांत भैया के कमरे में हर रोज़ की तरह किताब लेकर गया तब भैया खिड़की के बाहर शून्य में टकटकी लगाए बैठे थे। सिद्धांत ने आवाज़ दी, 'भैया... किताब पढ़ने का समय हो गया!' भैया ने सिद्धांत की तरफ बिना देखे ही जवाब दिया, 'सिद्धांत, आज मैं पढ़ने के मूड में नहीं हूँ। तू माँ के साथ बैठकर किताब पढ़ लेना...।'

सिद्धांत को महसूस हुआ कि भैया किसी न किसी बात को लेकर नाराज़ थे। उनका दुःख दूर करने हेतु सिद्धांत ने पूछा, 'क्या बात है भैया? कुछ हुआ है क्या? मैं आपकी कुछ मदद करूँ?' अपने भाई का प्रेम देखकर संकल्प को खुशी हुई लेकिन इस वक्त वह इस खुशी से ज़्यादा महत्त्व अपने दुःख को दे रहा था, उस पर कोचिंग क्लास में घटी घटना हावी हुई थी। उसने सिद्धांत की तरफ देखते हुए कहा, 'नहीं सिद्धांत... इस मामले में तू मेरी मदद नहीं कर पाएगा। मुझे खुद ही मेहनत करनी पड़ेगी। मैं बस कुछ देर के लिए अकेले बैठना चाहता हूँ।' भैया की मदद न कर पाने के विचार से सिद्धांत थोड़ा निराश हुआ। कमरे से बाहर जाकर उसने माँ को इस बारे में बताना उचित समझा। जब माँ को पता चला तब वे भी थोड़ी सी निराश हुईं लेकिन उन्होंने संकल्प को कुछ समय के लिए अकेला छोड़ने का निर्णय लिया। सामनेवाले को स्पेस देने का महत्त्व वह जानती थीं। अगर वह संकल्प को उसी वक्त जाकर कुछ पूछती तो संभावना थी कि वह गुस्सा हो जाता और बात करने से ही मना कर देता।

संकल्प को कुछ समय के लिए अकेला छोड़ने का परिणाम यह हुआ कि कुछ समय बाद वह खुद कमरे से बाहर आया और मंद स्वर में माँ को अपनी

अगले पृष्ठ पर जाएँ।
ज कि च?

6

निर्णय लेने का आसान तरीका

चिंता का कारण बताया, 'माँ... आज टेनिस की प्रैक्टिस करते समय महाजन सर ने कहा, 'मैं कभी बैकहैंड स्ट्रोक की तकनीक पर मास्टरी नहीं पा सकूँगा और इसी वजह से मैं कभी टेनिस चैंपियन नहीं बनूँगा।' संकल्प की पूरी बात सुनकर माँ ने उसे पहले अपने पास खाने की मेज़ पर बिठाया, प्रेमपूर्वक उसकी पीठ पर हाथ घुमाया और फिर संकल्प को समझाया, 'बेटा... ऐसा बिलकुल नहीं है। तुम बेशक टेनिस चैंपियन बन सकते हो! महाजन सर ने यूँ ही तुम्हें प्रोत्साहन देने हेतु कह दिया होगा।' 'लेकिन माँ... उनके शब्द... मेरी लाख कोशिशों के बावजूद भी मैं बैकहैंड स्ट्रोक नहीं सीख पा रहा हूँ... कहीं सचमुच मैं कभी टेनिस चैंपियन न बन सका तो? उन्हें ऐसा नहीं कहना चाहिए था! बस एक बैकहैंड स्ट्रोक ही तो मुझे नहीं आता... बाकी सारी तकनीकों में मैं माहिर हूँ, उस बारे में तो उन्होंने कुछ नहीं कहा... और जो नहीं आता, बस उसी पर ध्यान दिया। ये तो गलत है न माँ!' संकल्प की सारी दबी हुई भावनाएँ उभर आई। सिद्धांत सोफे पर चुपचाप बैठा अपने बड़े भाई और माँ की बातें सुन रहा था।

माँ ने संकल्प को समझाते हुए एक पते की बात बताई, 'अगर सर ने तुम्हारे साथ गलत किया तो मनन करो, क्या तुम खुद के साथ सही व्यवहार कर रहे हो? उन्होंने तुम्हारी कमी पर ध्यान दिया तो क्या तुम खुद अपने गुणों पर ध्यान दे रहे हो?' माँ के सवालों से संकल्प को धक्का लगा... वह समझ नहीं पा रहा था कि आखिर माँ क्या कहना चाहती थी। उसके चेहरे पर उमड़े भाव देखकर माँ ने आगे समझाया, 'सर ने तुम पर एक बार गुस्सा किया, बस एक बार कहा कि तुम टेनिस चैंपियन नहीं बन सकते। लेकिन उनके शब्दों पर इतना फोकस करके, सोचो तुमने खुद को कितनी बार कहा कि तुम टेनिस चैंपियन नहीं बन सकते? डी.एन.ए. में तुम भी तो अटके ही न।' संकल्प को अब अपनी गलती का एहसास हो रहा था।

इस घटना का फायदा लेते हुए माँ ने अपने बेटों को एक महत्वपूर्ण सीख दी। उन्होंने सिद्धांत को भी अपने पास बुला लिया और बताया, 'शब्दों में बहुत ताकत होती है। कुछ शब्दों के उच्चारण मात्र से ही उनमें छिपा अर्थ प्रकट होता है। जैसे ''दुःख'' शब्द कहा तो भीतर कैसी भावना तैयार होती है और ''खुशी'' शब्द कहा तो सुनकर कैसा लगता है? सकारात्मक शब्द हमें प्रेरित करते हैं, जबकि नकारात्मक

👍 अगले पृष्ठ पर जाएँ।
ज कि च?

शब्द हमारी शक्ति छिन लेते हैं। शब्दों में वह शक्ति है जो लोगों के बीच दीवारें खड़ी कर सकती है या प्रेम का पुल भी बाँध सकती है। मुँह से निकले शब्दों से बात बनती भी है और बिगड़ती भी है। शब्द ज़हर का काम भी कर सकते हैं और दवा भी बन सकते हैं। शब्द संबंध जोड़ भी सकते हैं और तोड़ भी सकते हैं। अब तोड़ना है कि जोड़ना है, यह तो ''ज कि च?'' के इस्तेमाल पर निर्भर करता है।'

'ज कि च पर निर्भर करता है? वह कैसे?' माँ की बात बड़े ध्यान से सुन रहे सिद्धांत ने पूछा।

'हाँ बेटा, ज कि च का यहाँ पर अर्थ है- जप कि चिड़चिड़।' यह नया अर्थ सुनकर संकल्प और सिद्धांत दोनों के चेहरों पर प्रश्नचिन्ह खड़े हो गए।

माँ ने तुरंत उनकी शंका का समाधान किया, 'अगर तुम सकारात्मक शब्दों का जप करोगे और नकारात्मक शब्दों पर चिड़चिड़ करना छोड़ दोगे तो ही खुश रहोगे। जो इंसान जीवन में खूब तरक्की करना चाहता है, उसे अपनी ज़ुबान को जप की आदत ही लगानी चाहिए।'

'इंसान पर दूसरों की कही बातों का इतना जबरदस्त असर होता है कि वह सोच-सोचकर उन बातों को प्रकट रूप दे देता है। अगर किसी ने कह दिया कि 'तुम बुद्धू हो' तो इंसान जीवनभर खुद को बुद्धू मानकर ही जीता है। किसी और के शब्दों से उसके आत्मविश्वास को इतनी ठेस पहुँचती है कि वह जीवनभर डर-डरकर जीता है, कभी खिलकर-खुलकर कार्य नहीं कर पाता। आत्मविश्वास के अभाव और डर के प्रभाव में किए गए कार्यों का परिणाम भी ऐसा ही आता है कि इंसान अधिक सिकुड़कर जीने लगता है। ऐसी परिस्थिति में इंसान को 'च' से चिंता छोड़, 'ज' से जाग्रत होना चाहिए। जाग्रति इस बारे में कि हम जो शब्द इस्तेमाल करते हैं, वे हमारे खिलाफ काम न करें। अगर कोई हमारे लिए नकारात्मक शब्दों का इस्तेमाल करे तो हम उन्हें साथ लेकर नहीं जीएँगे, तुरंत वहीं पर काट देंगे। समझे संकल्प?'

'हाँ माँ... मुझे औरों के शब्दों पर इतना ध्यान नहीं देना चाहिए। कोई चाहे कुछ भी कहे, मुझे अपने गुणों और सकारात्मकता पर ही ध्यान देना चाहिए।' संकल्प ने जवाब दिया।

'तो क्या तुम दोनों कल स्कूल में घटनेवाली दो ऐसी घटनाओं के बारे में मुझे

अगले पृष्ठ पर जाएँ।

बताओगे जहाँ 'जप कि चिड़चिड़?' का इस्तेमाल करोगे?' माँ ने अपने बेटों को 'मनवर्क (मन का अभ्यास)' दिया। तभी सिद्धांत ने अपनी शंका व्यक्त की, 'माँ... इस नए 'ज कि च?' के मुताबिक मुझे सिर्फ ऐसी बातों पर ध्यान देना है, जिससे मैं खुशी महसूस करूँ और अगर मुझे किसी के शब्दों से बुरा लगे तो उनसे ध्यान हटाऊँ... मतलब डी.एन.ए. में फँसने का खुद को मौका ही नहीं देना है।'

'बिलकुल सही!' माँ ने जवाब दिया।

'अगर ऐसा है तो हमें 'जाग्रति' या 'चिंता' का भी इस्तेमाल करना पड़ेगा। वरना तो हम औरों की बातों पर कब चिड़चिड़ करने लगते हैं, पता ही नहीं चलता। जैसे ही किसी की नकारात्मक बात पर दुःख होने लगे तो हमें तुरंत सजग होकर खुद से 'ज कि च?' पूछना पड़ेगा। ये मनवर्क तो कठिन लगता है माँ!' संकल्प ने अपने विचार खुलकर माँ के समक्ष रखे।

इस पर माँ ने प्रोत्साहन देते हुए कहा, 'बेटा... तुम्हारा नाम संकल्प है। संकल्प का अर्थ जानते हो? संकल्प करना यानी किसी कार्य को पूरा करने में जी-जान से जूट जाना... सफलता पाने का पक्का इरादा कर लेना। जब तुम्हारा नाम ही संकल्प है तो ये छोटा सा मनवर्क तुम्हारे लिए मुश्किल कैसे हो सकता है भला? संकल्प यह संकल्प कर सकता है कि वह 'ज कि च?' में हमेशा 'ज' का ही चुनाव करेगा।' अपने नाम का अर्थ इस तरह समझकर संकल्प खुश हुआ, उसका आत्मविश्वास बढ़ गया।

'और माँ मेरे नाम का क्या अर्थ होता है?' सिद्धांत के मन में भी उत्सुकता जगी। माँ ने मुस्कराकर जवाब दिया, 'सिद्धांत का मतलब है ''प्रिन्सिपल्स''। दुनिया की सभी सफल हस्तियों की एक खासियत होती है- अपने सिद्धांतों पर अटल रहना। चाहे कितनी भी कठिन परिस्थिति क्यों न हो, इन हस्तियों ने कभी अपने सिद्धांतों से मुँह नहीं मोड़ा। किसी का सिद्धांत होता है- केवल सत्य का साथ देना, कोई और सिद्धांत बनाता है कि सदैव शाकाहारी रहेंगे। हमारे प्यारे सिद्धांत का सिद्धांत पता है? हर घटना में खुद से 'ज कि च?' पूछना!' यह सुनकर सिद्धांत खुशी से उछल पड़ा। अब इंतज़ार था कल के दिन का जहाँ दोनों बेटे माँ की शिक्षाओं का इस्तेमाल करनेवाले थे।

ज कि च?

सिद्धांत की घटनाओं के बारे में जानने के लिए पृष्ठ क्रमांक 33 पर जाएँ।
संकल्प की घटनाओं के बारे में जानने के लिए पृष्ठ क्रमांक 36 पर जाएँ।

9

कई महिलाओं की यह इच्छा होती है कि उनके पति उनके मन की बात जान लें। इस तरह की इच्छा रखना गलत नहीं है पर सामान्य बुद्धि (कॉमनसेन्स) का भी इस्तेमाल हो। जब पत्नियाँ अपने पतियों को अंतर्यामी समझकर, अपने दिल की बात खुलकर नहीं करती हैं तब परिस्थिति झगड़े का रूप लेती है। कमल के साथ भी कुछ ऐसा ही हुआ था। अपनी नानी, दादी या माँ को देखकर उसने भी बिना किसी दूसरे विचार के यह मान लिया था कि उसका पति उसके मन की बात जान जाए। और जब कमल को ऐसा होते हुए नज़र नहीं आया तब उसकी चिड़चिड़ाहट गुस्से में परिवर्तित हो गई। बस एक मान्यता– 'पतियों को पत्नियों के मन की बात पहचाननी चाहिए' एक साथ कई परेशानियों का कारण बन गई। कपटमुक्त मनन करने पर यह बात कमल के समझ में आई।

उसने सुनहरा सिक्का उछालकर खुद से पूछा, 'क्या अनादि काल से चलती आई मान्यताओं को बिना किसी सोच-विचार के मान लेना सही है? क्या ये मान्यताएँ इंसान की सुविधा के लिए बनाई गई हैं या उसे डराने के लिए? क्या बिल्ली के रास्ता काटने पर मुझे डरने की आवश्यकता है? क्या हाथ में खुजली होने पर खुश होने की ज़रूरत है? इंद्रजीत खुद मेरे मन की बात जान जाएँगे यह सोचकर मुझे परेशान होने की ज़रूरत है? नहीं... किसी भी तरह की मान्यता इंसान की ज़रूरत नहीं बल्कि चाहत ही हो सकती है। समझदारी इसी में है कि मैं इंद्रजीत को अपनी इच्छा सही शब्दों में बता दूँ, उससे अपनी भावनाओं की पूर्णता कर दूँ।'

'सच्चे प्रेम की परिभाषा क्या है? हर पल, हर क्षण शारीरिक रूप से एक दूसरे के सामने रहना तो 'मोह' है, 'प्रेम' नहीं... अगर मैं गर्भवती न होती तो क्या मेरा निर्णय अलग होता? असल में किसे किसके सहारे की ज़रूरत है? मुझे या इंद्रजीत को? समझदारी इसी में है कि मैं अपनी इच्छा इंद्रजीत को सही शब्दों में बताकर, उसे उसका निर्णय लेने की अनुमति दूँ, उसका जो भी निर्णय होगा, उसे समर्थन दूँ...। सच्चा प्रेम एक दूसरे की प्रगति का कारण बनता है, पतन का नहीं...। मुझे इंद्रजीत से माफी माँगनी चाहिए।'

ज कि च?

कमल किस तरह इंद्रजीत से पूर्णता करती है, जानने के लिए पृष्ठ क्रमांक 19 पर जाएँ।

10

निर्णय लेने का आसान तरीका

माँ से पैसे मिलने पर सिद्धांत खुश हुआ था। अब उसे तुरंत कॅलिडोस्कोप मिलनेवाला था। पड़ोस के अमीर को अपना खिलौना दिखाकर उससे बदला लेने के लिए सिद्धांत बेसब्र हो रहा था। अमीर हर बार नया खिलौना लेकर आता, उसकी खूब तारीफ करता और जब खेलने की बारी आती तो किसी को भी अपने खिलौने को हाथ लगाने से मना कर देता था। अमीर के महँगे खिलौने देखकर सिद्धांत के मन में भी नया खिलौना खरीदने की इच्छा जगती थी। आज मौका मिला था तो सिद्धांत उसे गँवाना नहीं चाहता था। अपने खिलौनों का दिखावा करने की भावना उस पर इतनी हावी हो चुकी थी कि वह अपनी इस चाहत को ज़रूरत समझ बैठा था। माँ के समझाने पर भी वह इस बात से अनजान था।

सिद्धांत भागते हुए घर से नज़दीकवाले दुकान पर जा पहुँचा। उसने दुकानदार से कॅलिडोस्कोप की कीमत पूछी। अब गड़बड़ यह हुई कि माँ ने उसे २० रुपए दिए थे और कॅलिडोस्कोप की कीमत ४० रुपए थी। सिद्धांत सोच में पड़ गया... उसे लगा अब फिर से जाकर माँ से पैसे माँगूँगा तो वह चिल्लाएगी, शायद कॅलिडोस्कोप लेने से ही मना कर दे। नहीं, नहीं... कॅलिडोस्कोप तो आज ही लेना है। क्या करूँ... हाँ! मेरा गुल्लक! गुल्लक से पैसे ले लेता हूँ... लेकिन माँ को पता चल गया तो माँ डाँटेगी... लेकिन पता नहीं चला तो मुझे कॅलिडोस्कोप मिल जाएगा!'

और सिद्धांत गुल्लक से पैसे निकालने के लिए फिर घर की ओर चल पड़ा। असल में देखा जाए तो माँ से कपट करना उसे ठीक नहीं लग रहा था। हर कदम के साथ उसे माँ का चेहरा और उसकी बताई हुई 'ज कि च' की बातें याद आ रही थीं। वह समझ रहा था कि इस तरह माँ से झूठ बोलना उसकी ज़रूरत नहीं, चाहत है। मगर कॅलिडोस्कोप की चाहत भी तीव्र थी... वह समझ नहीं पा रहा था कि आखिर करे तो क्या करे?

क्या सिद्धांत गुल्लक से पैसे निकालेगा? जानें पृष्ठ क्रमांक 24 पर।
क्या माँ सिद्धांत को अधिक पैसे देगी? जानें पृष्ठ क्रमांक 31 पर।

11

इंद्रजीत को बचपन से ही लोगों से अलग रहना पसंद था। अगर उसके दोस्त फुटबॉल खेलना पसंद करते तो वह स्केटिंग का चुनाव करता। जहाँ सारे बच्चे स्कूल में संस्कृत पढ़ते, वहाँ इंद्रजीत स्कूल के बाद कोचिंग क्लास में जाकर जर्मन भाषा सीखता। उसके दोस्त कॉमिक किताबें पढ़ते तो वह रहस्यमयी या भूत-प्रेत की कहानियाँ पढ़ता। करियर के लिए भी उसने 'बागवानी चिकित्सक' बनने का निर्णय लिया। उसके ऑफिस में दुनियाभर के विविध फूल उपलब्ध थे, जिनके रसों से इंद्रजीत दवाइयाँ बनाने का कार्य करता था। उसने कमल से शादी करने का निर्णय लिया था क्योंकि वह एक 'समीक्षक' थी, दुनिया की रीत से हटकर उसने कुछ अलग बनने की हिम्मत दिखाई थी।

इंद्रजीत की 'अलग चुनाव करने' की आदत के जिस तरह फायदे थे, उसी तरह नुकसान भी थे। अलग रहने के चक्कर में वह अकसर ज़रूरत से ज़्यादा पैसे खर्च कर देता या अहंकार की वजह से अच्छी चीज़ों का लाभ लेने से चूक जाता। क्योंकि वह चीज़ अच्छी तो रहती मगर सभी उसका इस्तेमाल करते थे इसलिए इंद्रजीत उस चीज़ का इस्तेमाल करने से साफ मना कर देता। उसके अहंकार की वजह से उसका गुण वरदान बनने के बजाय अभिशाप सिद्ध हो रहा था। 'अलग चुनने' की आदत उसे सफलता तो दिला रही थी मगर यह सफलता उसमें नम्रता जगाने के बजाए अहंकार जगा रही थी।

कमल से शादी के बाद इंद्रजीत ने तेजज्ञान के बारे में जाना और काफी दिलचस्पी भी दिखाई क्योंकि इतनी कम उम्र में अध्यात्म का चुनाव करना 'अलग चुनने' के बराबर था। इंद्रजीत भी कमल की तरह ही किताबों का पठन करने लगा। जब उसने 'ज कि च?' के बारे में जाना तब बचपन से लेकर आज तक किए हुए सारे चुनाव उसकी आँखों के सामने आए और उसे अपनी गलती का एहसास हुआ। इंद्रजीत ने अब 'चाहत' की जगह ज़रूरत को देखना शुरू किया। छोटे-मोटे चुनाव करते हुए वह आसानी से 'अलग चुनने' के बजाए 'ज़रूरत' चुन पाता था मगर बड़े निर्णय लेते समय भी सुनहरा सिक्का उछालना उसके लिए किसी चुनौती से कम नहीं था। इंद्रजीत ने सुना था कि 'इंसान का स्वभाव बदलना असंभव है' और यही मान्यता उसके लिए कार्य कर रही थी। उपरोक्त पंक्ति का बहाना देकर वह कई बार

अगले पृष्ठ पर जाएँ।

'अलग चुनने' की चाहत को ही बढ़ावा देता था।

इसी दौरान इंद्रजीत के काम से प्रभावित होकर जापान की एक नामी कंपनी ने उसे जापान में आकर कार्य करने का प्रस्ताव दिया था। इस कंपनी ने इंद्रजीत के साथ तीन साल का कॉन्ट्रॅक्ट बनवाने की इच्छा व्यक्त की थी। इंद्रजीत की खुशी का कोई ठिकाना नहीं था। उसे इससे 'अलग' और क्या मिल सकता था। लेकिन उसके समक्ष एक समस्या थी- दो हफ्तों पहले ही कमल ने खुशखबरी दी थी कि वह माँ बननेवाली है, इंद्रजीत और कमल की पहली संतान इस दुनिया में आनेवाली थी। अगर वह अभी जापान जाने का निर्णय लेता तो तीन सालों के लिए भारत वापस आना उसके लिए मुश्किल था। इंद्रजीत पिता बनने की खुशी भी चाहता था और जापान में काम करने की नवीनता का अनुभव भी लेना चाहता था। दोनों में से क्या चुने? परिवार या करियर? कमल भी चाहती थी कि इंद्रजीत जापान जाकर अपना मनपसंद काम करे मगर गर्भावस्था में पति के बिना सब कुछ कैसे मैनेज कर पाएगी इसकी उसे चिंता थी।

यह घटना इंद्रजीत और कमल के प्यार की कसौटी पर खरी उतरनेवाली बात थी, एक दूसरे को समझकर उनकी क्षमता की परीक्षा लेनेवाली थी। क्या इंद्रजीत इस घटना में सुनहरा सिक्का उछाल पाएगा? कमल इस घटना में क्या करेगी? वह कौन सा सबक है जो पति-पत्नी सीखनेवाले थे?

कहानी को आगे बढ़ाने के लिए पृष्ठ क्रमांक 30 पर जाएँ।

13

सिद्धांत अब अपने भैया के साथ बैठकर कॅलिडोस्कोप बना रहा था। वह 'ज कि च' का महत्त्व भली-भाँति समझ चुका था। वह खुश था कि उसने दिखावा करने या तारीफ पाने की अपनी चाहत को मात देकर अपनी ज़रूरत को चुना। उसने तय कर लिया था कि स्कूल के वक्तव्यकला प्रतियोगिता में वह 'ज कि च?' के बारे में ही बताएगा। माँ की बातें अब भी उसके मन में ताज़ा थी। वह 'ज कि च?' को लेकर काफी उत्सुक था और इस विषय में अधिक जानकारी चाहता था। उसने भैया से पूछा,

'भैया... क्या आप ''ज कि च'' जानते हैं?'

'हाँ...! माँ की इस सीख का इस्तेमाल तो मैं हर घटना में करता हूँ।' सिद्धांत को अपने भैया के साथ खेलना बहुत पसंद था। भैया की हर बात से वह प्रभावित था। बड़े भैया मानो उसके 'सुपर हीरो' थे।

'आप हर घटना में ''ज कि च?'' का इस्तेमाल कैसे करते हैं?'

'कोई भी निर्णय लेने से पहले मैं खुद को ''ज कि च?'' पूछता हूँ। जैसे- होमवर्क अब करना चाहिए या बाद में? फुटबॉल दो घंटे खेलना चाहिए या तीन...? एक चॉकलेट खाऊँ या दो? क्लास बंक करके दोस्तों के साथ खेलने जाऊँ या नहीं? सोने से पहले ही खुद को पूछता हूँ, सुबह जल्दी उठूँ या नहीं? किसी काम को कल करूँ या अभी? चाहे निर्णय छोटा हो या बड़ा... ''ज कि च?'' पूछना ही चाहिए! पता है, मेरे पास एक सुनहरा सिक्का भी है। इसे उछालकर मैं अपना निर्णय लेता हूँ।'

'सुनहरा सिक्का?'

'हाँ... यह सिक्का हमेशा मुझे सही निर्णय लेने में मदद करता है।'

'वह कैसे? क्या सच में ऐसा होता है... यह पॉसिबल है... बताइए ना!'

'बिलकुल संभव है! यही तो इस सिक्के का राज़ है।'

'तो बताइए न भैया क्या है सिक्के का राज़?'

ज कि च?

सुनहरे सिक्के का राज़ जानने के लिए पढ़ें पृष्ठ क्रमांक 14

14

निर्णय लेने का आसान तरीका

'क्या तुमने शोले फिल्म देखी है? उसमें अमिताभ बच्चन के किरदार ''जय'' के पास भी एक सिक्का था... जिसके दोनों तरफ हेड ही था। इस वजह से वह हर बार टॉस जीत जाता था। मेरा सुनहरा सिक्का भी कुछ ऐसा ही है। इसके दोनों तरफ ''ज'' ही लिखा है। मैं जब भी टॉस करता हूँ, जवाब ''ज'' ही आता है यानी चीत भी मेरी और पट भी मेरी! इस सुनहरे सिक्के को टॉस करने पर मैं आसानी से निर्णय ले पाता हूँ और गलती की कोई गुंजाइश ही नहीं बचती।'

'ओ... तो इसलिए आपको मम्मी-पापा की कभी डाँट नहीं पड़ती! मुझे भी दीजिए न भैया यह सुनहरा सिक्का!' 'अभी देता हूँ! अपना हाथ आगे करो... अब अपने अँगूठे और तर्जनी (इंडेक्स फिंगर) को मिलाओ। इस मुद्रा को ज्ञानमुद्रा कहते हैं। अँगूठे और तर्जनी के मिलने से जो गोलाकृति तैयार होती है, वही तुम्हारा सुनहरा सिक्का है। यह सिक्का न होते हुए भी है या कहो होते हुए भी नहीं है। इसके बावजूद भी इससे बेहतर कोई मार्गदर्शक नहीं!' सिद्धांत अपने अँगूठे और तर्जनी को मिलाकर सुनहरे सिक्के का निरीक्षण कर रहा था। उसके मन में कई विचार दौड़ लगा रहे थे, 'भैया... इस सिक्के को सँभालकर रखने की तो कोई ज़रूरत ही नहीं है, न ही इसके चोरी होने का डर है!'

'नहीं सिद्धांत... यह सिक्का खो भी सकता है और चोरी भी हो सकता है! तुम्हारी गलत आदतें इसे चुरा लेती हैं। अगरु निर्णय लेते समय तुम सजग न रहो तो यह खो जाता है और फिर लालच में अटकना, छोटी-छोटी बातों पर गुस्सा करना, आज का काम कल पर ढकेलना जैसी आदतें तुम पर हावी होकर सिक्का चुरा लेते हैं। फिर सिक्का न होने की वजह से तुम गलत निर्णय लेकर खुद का नुकसान कर सकते हो... इसलिए सुनहरे सिक्के को हर क्षण याद रखते हुए, उसे निरंतर इस्तेमाल करने की अच्छी आदत खुद में डालो! कुछ भी करने से पहले खुद को ''ज कि च?'' पूछना मत भूलो।'

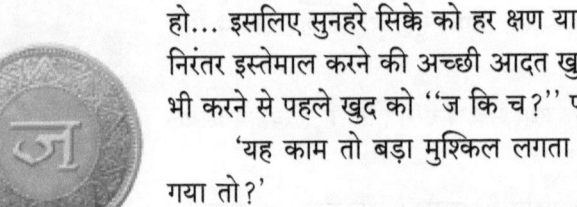

'यह काम तो बड़ा मुश्किल लगता है भैया! मैं चूक गया तो?'

'तो हम सब हैं न तुम्हें सँभालने के लिए! तुम चिंता मत करो... हम सब तुम्हारी मदद करेंगे!' भैया की बात सुनकर सिद्धांत खिलखिला उठा और कहने लगा, 'जब तुम मेरे साथ हो तो डरने की क्या है बात!'

सिद्धांत का सफर आगे बढ़ाने के लिए पढ़ें पृष्ठ क्रमांक 3

ज कि च?

15

'ज कि च?', लिखित मनन, अपनी कल्पना शक्ति और तेजज्ञान की विविध किताबों का सहारा लेकर कमल ने अपना चुनाव कर लिया था। ध्यान में मग्न कमल के लिए यह विकल्प सामने आना किसी 'यूरेका' से कम नहीं था। करियर से संबंधित भविष्य उसके सामने था- वह एक समीक्षक (बुक क्रिटिक/रिव्युअर) बनना चाहती थी! समीक्षक यानी जो किताबें पढ़कर उन पर अपना मत प्रदान करे। किताबें पढ़ना ही तो कमल का सबसे पसंदीदा काम था और अगर अपना मनपसंद कार्य करते हुए आर्थिक लाभ हो तो ऐसा कार्य कौन करना नहीं चाहेगा! कमल की आँखों के समक्ष अब सब कुछ स्पष्ट था। यह निर्णय उसने जल्दबाज़ी में या किसी के प्रभाव में आकर नहीं बल्कि पूरे होश के साथ समझदारी से लिया था और वह अपने इस निर्णय से बहुत खुश थी।

अब उसके समक्ष एक और चुनौती थी- अपने माता-पिता को अपने निर्णय के बारे में बताना। कमल के पास दो विकल्प थे- ज़िद्द करके, रो-धोकर मम्मी-पापा को मनवाना या अपने निर्णय का कारण समझाते हुए, शांतिपूर्वक उनकी सहमति लेना। कमल को यह स्पष्ट था कि पहले विकल्प को चुनना यानी मन में बसे डर को बढ़ावा देकर चाहत का चुनाव करना होगा। इसलिए उसने दूसरे विकल्प को चुनकर बहादुर बनने का चुनाव किया।

क्या 'ज़रूरत' का चुनाव कमल को मम्मी-पापा की सहमति दिला पाएगा? जानने के लिए पृष्ठ क्रमांक *17* पर जाएँ।

सिद्धांत को शांत कराने पर माँ ने उसे पहले खाना खिलाया और फिर बड़े पते की बात बताई, 'आज मैं तुम्हें डी.एन.ए. के बारे में बताऊँगी। एक डी.एन.ए. इंसानी शरीर में पाया जाता है मगर मैं जिस डी.एन.ए. की बात कर रही हूँ उसका अर्थ है- डबल नुकसान आदत।' 'डबल नुकसान आदत? मतलब?' खाने के बाद आरामदायक सोफे पर बैठे सिद्धांत ने पूछा।

'मतलब इंसान का एक ही बात पर अटके रहना या कहो मन ही मन एक ही बात दोहराते रहना। जैसे किसी इंसान को कोई गाली देकर गया और अब यह इंसान दिनभर उस गाली के बारे में सोचते बैठा, 'उसने मुझे ऐसा कहा... आखिर उसकी हिम्मत कैसे हुई मुझे ऐसा कहने की... समझता क्या है खुद को!' ऐसे विचारों से कुछ हासिल नहीं होता बल्कि इंसान के मन में नकारात्मकता ही बढ़ती है। सोचो गाली देनेवाला तो एक बार गाली देकर चला गया मगर इंसान डी.एन.ए. की वजह से दिनभर खुद को ही गाली दे-देकर दुःखी होते रहता है, दुःख का दुःख मनाते रहता है।'

माँ की बात सुनकर सिद्धांत अपनी गलती समझ गया कि कैसे वह खुद का ही नुकसान कर रहा है। अब उसे इस नुकसान की भरपाई करने का तरीका भी चाहिए था।

'माँ... लेकिन बुरा तो लगता ही है न... फिर ऐसे डी.एन.ए. के विचारों का क्या करना चाहिए? इन्हें कैसे रोका जा सकता है?'

माँ सिद्धांत के मुँह से यही सवाल सुनना चाहती थी। फिर उन्होंने आगे बताया, 'डी.एन.ए. के विचार आते ही उस विचार के ठीक उल्टा विचार करने की आदत डालो। जैसे दोस्तों के हँसने पर तुम्हारे मन में विचार आया कि 'यह तो बुरा हुआ', तब तुम अपने मन में ये विचार करो कि ''दोस्त हँसे, कितना अच्छा हुआ! मैंने कुछ पलों के लिए ही सही मगर अपने दोस्तों के जीवन में खुशी लाई। दिनभर टीचर की बातें सुनकर बोर हो गए थे, मैंने उनके चेहरे पर ताज़गी लाई।'' इस तरह उल्टा विचार करते ही घटना से जुड़ा दुःख गायब हो जाता है।'

'हाँ... ठीक कहती हो माँ, उल्टे विचार के बाद इतना बुरा नहीं लग रहा है।' अपने दुःख से बाहर निकलकर सिद्धांत अब ठंढे दिमाग से सोच पा रहा था। तभी पापा भी वहाँ आ पहुँचे थे। उन्होंने इसमें एक कदम और जोड़ा, 'लेकिन बदलाव सिर्फ विचारों में लाना काफी नहीं है सिद्धांत। इस घटना में तुम्हारी डबल नुकसान आदत तभी छूटेगी जब तुम अपने दोस्तों को माफ कर पाओगे।'

ज कि च?

पृष्ठ क्रमांक 35 पर पढ़े- पापा सिद्धांत को क्षमाशीलता का महत्त्व किस तरह समझाते हैं।

17

कमल ने एक दिन रात के खाने के बाद मम्मी-पापा को अपने निर्णय के बारे में शांत स्वर में बताया। ऐसा निर्णय लेने के पीछे क्या कारण था, वह किस मानसिक दौर से गुज़रकर आई थी, इस बारे में भी बताया। उसका निर्णय सुनकर मम्मी-पापा दंग रह गए। उन्हें विश्वास ही नहीं हो रहा था कि बचपन से हर कार्य 'परफेक्ट' करनेवाली उनकी लाड़ली बेटी यह क्यों कह रही थी कि डेंटिस्ट बनने का निर्णय गलत था। कमल की बातें सुनकर और उसके शांत अंदाज़ की वजह से मम्मी-पापा उस पर गुस्सा नहीं हुए बल्कि उसके निर्णय की गंभीरता उन्हें महसूस हुई। उन्होंने भी तेजज्ञान की कुछ किताबें पढ़ी थीं इसलिए भी वे शांत रहकर कमल की बातों को सुन पाए और पूरी बात सुनने पर अपनी बेटी के निर्णय को सहजता से स्वीकार कर पाए।

उनके मन में भी कमल की तरह कई सवाल उठे– जैसे कमल का यह निर्णय सुनकर लोग क्या कहेंगे? हम लोगों को क्या जवाब देंगे? क्या बुक क्रिटिक बनना कमल का सही निर्णय होगा? समीक्षक बनकर वह कितना कमा लेगी? उसे काम मिलेगा भी या नहीं? इत्यादि। हर सवाल को 'ज कि च?' के नज़रिए से देखने पर उन्हें महसूस हुआ कि लोगों से बढ़कर उनके लिए उनकी बेटी थी। इसलिए 'लोग क्या कहेंगे' के बजाए 'अगर हमारी बेटी को हमारा सहारा नहीं मिलेगा तो उसे कितनी मुश्किलों का सामना करना पड़ेगा' इसकी चिंता की जाए। अत: उन्होंने अपनी बेटी की कला पर विश्वास करने का निर्णय लिया। अगर दुनिया में दस में से चार ही समीक्षक प्रसिद्धि पाकर भरपूर पैसे कमा पाते हैं तो उन्होंने इस बात पर विश्वास करने का निर्णय लिया कि कमल उन चार प्रसिद्ध समीक्षकों में से एक होगी। कमल के 'समीक्षक' बनने के निर्णय पर उसके मम्मी-पापा उम्रभर उसका साथ देते रहे। इसी वजह से कमल सबसे कम उम्रवाली प्रसिद्ध समीक्षक बन पाई।

कमल घर पर ही अपना कार्य करती थी। जब संकल्प और सिद्धांत स्कूल जाते तो उसके कमरे का रूपांतरण उसके ऑफिस में हो जाता था। घर में ही ऑफिस बनाने के निर्णय में भी 'ज कि च?' का बड़ा सहयोग रहा, साथ ही उसके पति इंद्रजीत का सहारा भी...! आखिर इंद्रजीत ने भी 'ज कि च?' के दम पर ही अपने जीवन में सफलता पाई थी।

 इंद्रजीत की कहानी पढ़ने के लिए पृष्ठ क्रमांक *11* पर जाएँ।

अपने दोनों बेटों को 'ज कि च?' का इस्तेमाल करते देख माँ खुश थी लेकिन कुछ मिसिंग लिंक भी थी, जिनके बारे में उन्हें बताना ज़रूरी था, 'संकल्प, सिद्धांत तुम दोनों ने 'ज कि च?' का पहली घटना में सही इस्तेमाल किया मगर सिद्धांत तुमने शशांक के बारे में और संकल्प तुमने अभिषेक के बारे में जो सोचा वह सही नहीं था। तुम्हारे शब्दों से या गुस्सेभरी नज़र से उन्हें क्या महसूस हुआ होगा? इस बात को समझने की कोशिश करो कि जिस तरह तुम्हें औरों के शब्दों का बुरा लग सकता है, उसी तरह सामनेवाले को तुम्हारे व्यवहार से बुरा लगता होगा।'

'लेकिन गलती तो अभिषेक की थी न माँ...!' संकल्प ने कहा।

'और क्या वह गलती उसने जानबूझकर की होगी? अगर तुम उसकी जगह होते तो क्या तुम जानबूझकर खुद को हरा देते?' माँ ने तुरंत समझाया।

'अगर मैं खुद को अभिषेक की जगह पर देखूँ तो गुस्सा करने का कोई उचित कारण ही नहीं बचता।' संकल्प ने तुरंत मनन करके जवाब दिया।

'बिलकुल सही। अगर किसी भी तरह का प्रतिसाद देने से पहले हम खुद को सामनेवाले की जगह पर रखकर देखें तो हमारा प्रतिसाद बदल जाएगा। इसे कहते हैं- सामनेवाले के शूज में जाना। रिश्तों में मधुरता बनाए रखने के लिए सामनेवाले के शूज में जाकर विचार (मनन) करना बहुत ज़रूरी होता है। इससे हम बिना वजह गुस्सा करने से, नाराज़ होने से या उस इंसान के लिए नफरत पैदा करने से बच जाते हैं।' माँ ने आगे समझाया। अब सिद्धांत भी माँ की बात समझ गया था। उसने सोचते हुए कहा, 'मतलब, अगर मैं खुद को शशांक की जगह पर देखने की कोशिश करूँ तो मैं उस पर गुस्सा नहीं करूँगा क्योंकि मैं समझ जाऊँगा कि शशांक जानबूझकर लेट नहीं होता, कोई न कोई कारण ज़रूर होगा। करेक्ट?'

'करेक्ट!' माँ ने सिद्धांत को शाबाशी दी। सिद्धांत भी अपने बड़े भाई की तरह शशांक से माफी माँगने के लिए राज़ी हो गया। फिर संकल्प ने कहा, 'मैं कल स्कूल पहुँचते ही अभिषेक से माफी माँगूँगा और आगे से कोई भी ऍक्शन करने (प्रतिसाद देने) से पहले सामनेवाले के शूज में जाने की कोशिश करूँगा। माँ... आप भी तो ''ज कि च?'' का हर घटना में इस्तेमाल करती होंगी... है न? तभी तो आपसे कभी कोई गलती नहीं होती!'

ज कि च?

संकल्प के सवाल का माँ क्या जवाब देगी, जानने के लिए पढ़ें पृष्ठ क्रमांक 25

19

'मुझे माफ कर दो इंद्रजीत!'... 'मुझे माफ कर दो कमल!' दोनों ने एक साथ एक-दूसरे से माफी माँगी। फिर कमल ने इंद्रजीत से पूर्णता करते हुए अपने मन की सारी बातें कह दीं, 'आय एम सॉरी इंद्रजीत! मैंने ज़रूरत को नहीं, चाहत को चुना... तुम्हारा सहारा बनने के बजाए तुमसे ही सहारे की आस लगाए बैठी रही। हाँ, यह सच है कि मैं नहीं चाहती थी कि तुम जापान जाओ... लेकिन ये मेरा प्यार नहीं, मेरा मोह था... शारीरिक रूप से तुम्हारे साथ हर पल, हर क्षण रहने का मोह। मुझे माफ कर दो, मैं मोह की मोहताज बन गई थी। मैं तुम्हारी तरक्की (ज़रूरत) को नज़रअंदाज़ करके केवल अपनी चाहत को पूरी करने का प्रयास कर रही थी। तुम्हें जापान जाना चाहिए। इससे बेहतर मौका फिर नहीं मिलेगा!'

'नहीं कमल... मैं जापान जाने का निर्णय लेकर सिर्फ अपने अहंकार को पुष्टि दूँगा। मुझे अपने निर्णय पर अहंकार नहीं, फक्र करना चाहिए...और मुझे इस बात का फक्र है कि मैंने औरों की तरह आर्थिक फायदे को न चुनते हुए मानसिक समृद्धि को चुना। हाँ कमल... मैं जापान जाकर पैसे नहीं कमाना चाहता, वह तो मैं यहाँ भारत में रहकर भी कमा सकता हूँ। मुझे अपने होनेवाले बच्चे के साथ रहकर अविस्मरणीय यादें कमानी हैं। पैसा मेरी चाहत है और हमारा परिवार मेरी ज़रूरत। अपनी ज़रूरत पूरी करने के बाद अपनी चाहत पूरी करना ही सही होता है। मुझे माफ कर दो... मैं अपनी आदत की वजह से खुद के साथ-साथ तुम्हारा भी नुकसान करनेवाला था। आय एम सॉरी।'

इतना कहकर इंद्रजीत ने कमल को गले लगा लिया। कमल और इंद्रजीत ने इस मुश्किल घटना को सीढ़ी बनाकर अपने रिश्ते को अधिक मज़बूत किया था, अहंकार और मोह को मात देकर प्रेम को चुना था। 'ज कि च?' के इस्तेमाल ने एक साधारण पति-पत्नी को आदर्श दम्पति में रूपांतरित किया था।

'माँ! कहाँ खो गई? बताओ न... आपने 'ज कि च?' का इस्तेमाल किया है क्या?' संकल्प ने माँ से ऊँची आवाज़ में पूछा। संकल्प के सवाल ने कमल को अपने जीवन के सुनहरे क्षणों की याद दिलाई थी, ऐसे क्षण जो सुनहरे सिक्के के इस्तेमाल से कमल के मन में सुनहरे अक्षरों में लिखे गए थे।

कहानी को आगे बढ़ाने के लिए पृष्ठ क्रमांक 27 पर जाएँ।

निर्णय लेने का आसान तरीका

माँ जानती थी कि आंतरिक प्रगति के मार्ग पर चलते हुए किसी भी इंसान को कई दिक्कतों का सामना करना पड़ता है। माता-पिता की यह ज़िम्मेदारी होती है कि वे अपने बच्चों को इन मुश्किलों से बाहर निकलने हेतु सही मार्गदर्शन देकर, उनकी योग्य पद्धति से सहायता करें। अपने बेटे की कपटमुक्तता की वजह से माँ उससे नाराज़ नहीं हुई बल्कि इसी का फायदा उठाते हुए सिद्धांत के विचारों को उचित दिशा दी। उसे सही राह दिखाने हेतु माँ ने उससे सवाल किया, 'सिद्धांत... एक बात बताओ, जब तुम कोई नया हुनर सीखते हो तो क्या एक ही दिन में सीख जाते हो?'

जवाब देने के लिए सिद्धांत को बहुत सोचने की आवश्यकता नहीं पड़ी। उसने बड़ी सहजता से जवाब दिया, 'नहीं... एक ही दिन में कैसे सीख सकता हूँ? रोज प्रैक्टिस करनी पड़ती है तब जाकर हम किसी भी कला में एक्सपर्ट बन सकते हैं। हमारी टीचर ने हमें एक कहावत बताई थी, 'रोम वॉज नॉट बिल्ट इन ए डे' यानी कोई भी महान कार्य एक दिन में नहीं किया जा सकता। उसके लिए मेहनत करना और समय देना ज़रूरी होता है।'

'बिलकुल सही... तो अब बताओ कि क्या क्षमाशीलता जैसा मुख्य गुण खुद में लाना महान कार्य नहीं है? क्या इस कार्य को पर्याप्त समय नहीं देना चाहिए? सामनेवाले को तुरंत क्षमा कर पाना या कहो सही समय पर सही निर्णय लेना, किसी कला से कम है? इन गुणों को खुद में लाने के लिए समय देना आवश्यक है न! साथ ही हर पल सजग रहकर ''इन-साफ'' करना भी तो ज़रूरी है।' इस तरह सिद्धांत के बताए हुए मुहावरे में माँ ने एक नया आयाम जोड़ा।

सिद्धांत के लिए 'इन-साफ' एक नया शब्द था, यह माँ भली-भाँति जानती थी। इसलिए स्पष्टीकरण देते हुए उन्होंने आगे बताया, 'जैसे हम बाहरी शरीर को साफ-सुथरा रखने के लिए रोज़ नहाते हैं, साफ कपड़े पहनते हैं, उसी तरह अंदरूनी सफाई होनी भी ज़रूरी है। जानते हो क्यों? क्योंकि हमारे अंदर गलत आदतों, वृत्तियों और मान्यताओं का ढेर सारा कचरा जमा होता है। इन सबसे छूटकारा पाने से इंसान की आंतरिक सफाई होती है। ''इन-साफ'' करने के लिए प्रबल इच्छाशक्ति और सजगता होनी बहुत ज़रूरी है। यदि तुम्हारे मन में गलत आदतों से मुक्ति पाने की तीव्र इच्छा है और तुम हर कार्य करते हुए सजग हो तो तुम्हें मुक्ति मिलने से

पृष्ठ क्रमांक 21 पर जाएँ।

कोई नहीं रोक सकता। हमारे घर में मुक्ति श्रृंखला की कई सारी किताबें हैं जो तुम्हें आलस्य, क्रोध, बोरडम आदि से मुक्ति दिलाएँगी। ये किताबें पढ़ो और अपने भैया की मदद से इनका आशय समझकर उनका इस्तेमाल करने की कोशिश करो। गलत आदतों से तुम जितनी जल्दी मुक्ति पाओगे, सही चुनाव करना तुम्हारे लिए उतना ही आसान होगा। पूरे धीरज के साथ ये कार्य करना... क्योंकि?'

'क्योंकि ''रोम वॉज नॉट बिल्ट इन ए डे!'' सिद्धांत ने माँ को हाय-फाय करते हुए जवाब दिया। फिर उसने अपना अगला सवाल पूछा, 'तो माँ... अब मुझे रोज़ क्या करना होगा?'

तुम्हें रोज़ प्रार्थना करनी होगी। पहले प्रार्थना सुन लो-
'हे ईश्वर, मैं अपनी गलत वृत्तियों के लिए आपसे माफी माँगता हूँ।
मैंने बेहोशी में इन वृत्तियों को बढ़ावा दिया था।
लेकिन अब मैं आपसे क्षमा माँगते हुए सजगता और
''इन-साफ'' करने की ताकत माँगता हूँ।
कृपया मुझे ऐसी शक्ति दो, जो इन विकारों को दूर करने में मेरी मदद करेगी।
विकारमुक्त होना ईश्वर का गुणधर्म है और
ईश्वर का अंश होने के कारण मैं आपसे बिनती करता हूँ कि
विकारमुक्त होने में मेरी सहायता करें। धन्यवाद... धन्यवाद...धन्यवाद!'

माँ ने सिद्धांत को ऍक्शन प्लान के साथ-साथ प्रार्थना जैसा सरल उपाय बताया। सिद्धांत ने माँ के समक्ष प्रार्थना दोहराई। फिर भैया के कमरे में जाकर उनसे किताबे पढ़ने में मदद करने के लिए कहा। दोनों भाइयों ने मिलकर माँ की आज्ञा पर कार्य करना शुरू किया, जिसका परिणाम उन्हें जल्द ही मिलनेवाला है।

ज कि च?

सिद्धांत की कहानी को आगे बढ़ाकर 'ज कि च?' का नया अर्थ जानने के लिए पढ़ें- पृष्ठ क्रमांक 5

22

निर्णय लेने का आसान तरीका

स्कूल खत्म होने पर सिद्धांत जब घर लौटा तो उसके चेहरे पर खुशी झलक रही थी। स्कूल में घटी घटना और टीचर से मिली तारीफ के बारे में घर पर सबको बताने के लिए वह बड़ा उत्सुक था। जब वह घर पहुँचा तो घर पर केवल माँ ही थी, पापा ऑफिस में और भैया स्कूल में थे। उसने घर में कदम रखते ही अपनी कहानी बताना शुरू किया और खुशी के मारे यहाँ-वहाँ कुदने लगा।

'माँ... पता है आज स्कूल में क्या हुआ!' तब माँ ने उसे पकड़कर कहा, 'अरे पहले हाथ-मुँह तो धो लो! फिर बताना क्या हुआ! चलो!' माँ को सब कुछ बताने की उत्सुकता में सिद्धांत ने तुरंत हाथ-मुँह धोए, कपड़े बदले और जब बाहर आया तब माँ ने खाने की मेज़ पर खाना लगाया हुआ था। वह सिद्धांत के इंतज़ार में कुर्सी पर बैठी थी। सिद्धांत उसके बगलवाली कुर्सी पर आकर बैठ गया और खाना खाते हुए पूरा किस्सा माँ को सुनाया। माँ ने भी सिद्धांत की खूब तारीफ की और एक छूटी हुई कड़ी उसके समक्ष रखी- 'सिद्धांत... अब ज़रा इस बात पर गौर करो- क्या तुम तुरंत सही चुनाव कर पाए? क्या दोस्तों को माफ करना तुम्हारे लिए एकदम आसान था?'

'नहीं... आसान तो नहीं था। एक पल ऐसा लग रहा था कि ये दोस्त तो माफी के लायक ही नहीं हैं। लेकिन मैं गुस्से में कुछ उल्टा-सीधा करता, इससे पहले ही मैंने आँखें खोली और उन्हें माफ कर दिया।'

'वेरी गुड! तुम्हें थोड़ा समय लगा लेकिन तुमने सही निर्णय लिया। अब बताओ, 'क्या तुम्हें नहीं लगता कि तुरंत सही निर्णय लेना आना चाहिए?' माँ ने सही मौके का फायदा उठाते हुए सिद्धांत के सामने प्रश्न रखा।

'हाँ माँ! तुम ठीक कहती हो। अच्छा काम करने में थोड़ा भी समय क्यों गँवाना? लेकिन मुझे ऐसा करना बहुत मुश्किल लगता है।' सिद्धांत ने कपटमुक्त जवाब दिया।

'मुश्किल बातों को आसान करने के दस तरीके होते हैं। मेरे पास एक है- ''इन-साफ'' करना। जानना चाहते हो इसका मतलब क्या है?'

'इन-साफ' का अर्थ समझने के लिए पृष्ठ क्रमांक 20 पर जाएँ।

ज कि च?

23

'कुछ समझ में नहीं आ रहा है क्या किया जाए? जापान जाकर कुछ अलग करने का मौका फिर मिलेगा या नहीं, कुछ कह नहीं सकते... और कमल हमारे पहले बच्चे को जन्म देनेवाली है, यह भी तो मौका गँवाया नहीं जा सकता। क्या है मेरी ज़रूरत? 'अलग चुनना'? या परिवार को चुनना? अगर मैं जापान न जाने का निर्णय लूँ तो ये मेरे स्वभाव के विरुद्ध होगा और कहते हैं कि इंसान का स्वभाव तो बदला नहीं जा सकता। क्या इस घटना को देखने का कोई और दृष्टिकोण हो सकता है, जो मेरी ज़रूरत मेरे सामने लाए?' यह सवाल मन में उठते ही इंद्रजीत को यूरेका का अनुभव हुआ। कई दिनों से चल रहे मनन का जवाब उसे मिल गया।

'हाँ... हो सकता है... इंसान का स्वभाव नहीं बदला जा सकता, यह तो सभी की मान्यता है। जिसके अनुसार व्यवहार तो सभी करते हैं, यह सामान्य सी बात है, इसमें अलग क्या है? अगर मुझे कुछ अलग करना ही है तो मैं इस मान्यता को तोड़कर अपना स्वभाव बदलने का अलग कार्य करूँगा। पहले मैं अपने इस गुण का इस्तेमाल सिर्फ अपनी चाहत पूरी करने के लिए किया करता था। अब मैं अपने इस गुण का उपयोग अपनी ज़रूरत पूरी करने के लिए करूँगा, चाहतें पूरी करने से उत्पन्न हुए अहंकार को तोड़ने के लिए करूँगा। इस गुण का उपयोग आर्थिक स्तर पर फायदे के लिए नहीं बल्कि मानसिक स्तर पर समृद्ध बनने और संतुष्टि पाने के लिए करूँगा! मैं बदलूँगा अपना स्वभाव, मैं तोड़ूँगा मान्यताएँ और 'अलग चुनने' के अपने गुण को अभिशाप बनने से बचा लूँगा। अगर मुझे 'अलग' का चुनाव करना ही है तो मैं 'अहंकार को पुष्टि' देनेवाली चाहत का नहीं बल्कि अपने 'परिवार का चुनाव' करनेवाली ज़रूरत को चुनूँगा।'

इस विचार के साथ ही इंद्रजीत खुशी-खुशी कमल को अपना निर्णय बताने गया।

ज कि च?

इंद्रजीत का निर्णय जानने के लिए पृष्ठ क्रमांक 19 पर जाएँ।

निर्णय लेने का आसान तरीका

24

सिद्धांत घर पहुँचा तो माँ अपने कमरे में बैठी किताब पढ़ रही थी। इसी मौके का फायदा उठाकर सिद्धांत अपने कमरे में गया और बिलकुल आवाज़ न करते हुए गुल्लक का ताला खोला। वह २० रुपए निकालने ही वाला था कि तभी पापा कमरे में आए और उन्होंने सिद्धांत को चोरी करते हुए पकड़ लिया। 'सिद्धांत... ये सब क्या है? तुम पैसे चुरा रहे हो? क्यों?'

'पापा... कॅलिडोस्कोप...' अब सिद्धांत डर गया।

'कॅलिडोस्कोप! एक खिलौने के लिए तुम चोरी कर रहे हो? क्या माँ ने तुम्हें नहीं समझाया था कि तुम कॅलिडोस्कोप घर पर भी बना सकते हो? लगता है तुमने ''ज कि च?'' का अर्थ समझा ही नहीं।' पापा ने प्यार से सिद्धांत को अपने पास बुलाया और समझाया, 'बेटा, हमेशा ज़रूरत को ही चुनना सही होता है। जब सारी ज़रूरतें पूरी हो जाएँ तब आवश्यक लगे तो ही चाहतें पूरी करनी चाहिए। वरना इंसान चाहत में अटककर कई गलत आदतों का शिकार बनता है। जैसे तुम बने। अपनी चाहत पूरी करने के लिए पहले तुमने झूठ बोलना चाहा, फिर चोरी करने चले आए। तुम ही बताओ, क्या स्कूल में ऐसा करने पर तुम्हें टीचर की शाबाशी मिलती?

'नहीं... बल्कि उनका तुम पर से विश्वास उठ जाता। इंसान चाहत में अटककर झूठ पर झूठ बोलता रहता है और फिर झूठ बोलना उसकी आदत बन जाती है। आगे चलकर तुम सच बोलो तो भी लोग मानेंगे नहीं । दूसरी बात- चोरी करने से तुम्हारा ही नुकसान होता... तुम्हें ही पिकनिक जाने के लिए पैसे कम पड़ जाते। किसी भी तरह की चोरी नुकसान ही करती है। इसलिए निर्णय लेते समय सोच-समझकर लेना चाहिए।'

'और पैसे कम थे इसलिए माँ ने तुम्हें कॅलिडोस्कोप खरीदने से मना नहीं किया था। वह चाहती थी कि तुम कुछ नया सीखो, अनावश्यक पैसे खर्च न करो... उसने भले ही ये सब न कहा हो मगर तुम्हें मना करने के पीछे का कारण यही था बेटा।'

'सॉरी पापा... मैं माँ की बात को समझ नहीं पाया लेकिन अब समझ गया। मैं अभी माँ को सॉरी बोलता हूँ और कॅलिडोस्कोप बनाने की तैयारी करता हूँ।'

आगे की कहानी पृष्ठ क्रमांक 13 पर पढ़ें।

ज कि च?

दुनिया का सबसे छोटा मंत्र

25

कमल ने कहीं पढ़ा था कि *'माता-पिता होने के नाते हमारी यह सबसे महत्वपूर्ण ज़िम्मेदारी है कि हम स्वतः वैसे बन जाएँ, जैसे हम चाहते हैं हमारी संतान बड़ी होकर बने'*। उसके मन पर इस पंक्ति का गहरा असर हुआ था। कमल अपने दोनों बेटों (संकल्प और सिद्धांत) को 'ज कि च?' के बारे में बता पा रही थी क्योंकि उसने खुद 'ज कि च?' का इस्तेमाल अपने जीवन के हर पड़ाव पर किया था। इस छोटे से सवाल की शक्ति को वह खुद आज़मा चुकी थी।

जब संकल्प ने उससे पूछा कि 'माँ क्या आप 'ज कि च?' का इस्तेमाल करती हैं?' तब कुछ बीस साल पूर्व की 'कमल' उसकी आँखों के समक्ष नाचने लगी। आज जब कमल अपने अतीत को याद करती है तो उसे महसूस होता है कि वह खुद को नहीं बल्कि किसी और व्यक्ति को याद कर रही है।

कमल की 'कॉलेज लाईफ' बड़ी उथल-पुथलवाली थी। उसके माता-पिता चाहते थे कि वह डेंटिस्ट बनकर खूब पैसे कमाए, खानदान का नाम रोशन करे। कमल डेंटिस्ट बनने की योग्यता भी रखती थी। जब उसे शहर के सबसे बेहतरीन महाविद्यालय में प्रवेश मिला तो उसके पापा का सिर फक्र से ऊँचा हो गया था। माँ ने पूरे हफ्ते कमल के मनपसंद पकवान बनाए, उसे शॉपिंग के लिए ले गई और बिना रोक-टोक उसे उसके पसंदीदा उपन्यास खरीदने दिए। कमल भी खुश थी मगर कहीं न कहीं वह इस बात को भी नज़रअंदाज़ नहीं कर पा रही थी कि भले ही वह डेंटिस्ट बनने के लायक हो लेकिन उसका दिल यह काबिलीयत नहीं रखता था। वह जी लगाकर पढ़ लेती, डेंटिस्ट बन जाती, फिर भी उसे एक बात पक्की थी कि वह उम्रभर डेंटिस्ट्री का कार्य नहीं कर पाएगी। किसी भी इंसान की सफलता की नींव होती है– उसका अपने कार्य से इस कदर प्रेम होना, जैसे कोई भक्त अपने आराध्य की भक्ति कर रहा हो। कमल एक खोखले नींव पर अपने करियर की इमारत खड़ी करने की कोशिश कर रही थी तो ज़ाहिर सी बात थी कि इस कार्य में वह लगातार असफलता का सामना कर रही थी।

कमल के व्यक्तित्व पर इस असफलता का गहरा असर हो रहा था। वह अपनी आंतरिक आवाज़ को दबाकर वह बनने की कोशिश कर रही थी, जिसके लिए वह बनी ही नहीं थी... उसका आत्मविश्वास पग-पग पर डगमगाने लगा था। वह हर

 आगे के पृष्ठ पर जाएँ।

पल अपनी निराशा को किसी कोने में छिपाने का अथक प्रयास कर रही थी लेकिन उसे डर भी था कि कहीं इस दबी हुई निराशा का ज्वालामुखी फटकर क्रोध के रूप में बाहर न निकल आए। हर गुज़रते दिन के साथ वह चुप-चुप सी रहने लगी, अकेले रहना उसे लोगों से बातचीत करने से बेहतर लगने लगा। कई रातें उसने तकिए में अपने आँसू छिपाकर बिताई थीं। वह खुद की ही गुलाम बन चुकी थी... क्योंकि वह खुद पर डेंटिस्ट बनने का ज़ुल्म ढा रही थी।

इस घटना में न कमल दोषी थी और न ही उसके माता-पिता बल्कि कमल खुद को पूरी तरह पहचान नहीं पाई थी, जिस वजह से डेंटिस्ट बनने का गलत निर्णय लिया गया था।

ज़िंदगी के इस कठिन समय में कमल के सामने एक ही आशा की किरण थी- उसकी किताबें। जब उसे चीख-चीखकर रोने की इच्छा होती और ऐसा करना संभव नहीं होता तब वह उपन्यासों में खो जाना पसंद करती। अपने ही जीवन के सत्य का सामना करने से बेहतर उसे उपन्यासों के किरदारों का जीवन जीना आसान लगने लगा था। हाथ में उपन्यास लेते ही वह कुछ समय के लिए ही सही मगर अपना गम भूल जाती। इसी दौरान उसकी एक सहेली ने उसे 'स्वीकार का जादू' यह किताब पढ़ने के लिए दी। इस किताब ने कमल को तेजज्ञान के उच्चतम ज्ञान से जोड़ा। इससे उसका जीवन को देखने का नज़रिया ही बदल गया। उसने सबसे पहले अपनी परिस्थिति को, खासकर अपने गलत निर्णय को स्वीकार किया। घटना को स्वीकार करने पर मानो उसके बंधे हुए दोनों हाथ खुल गए और आगे कार्य करने के लिए आज़ाद हो गए। फिर उसे 'ज कि च?' की शिक्षा मिली और उसके मन में द्वंद्व युद्ध आरंभ हुआ-

'डेंटिस्ट्री छोड़ना कहीं मेरी चाहत तो नहीं? मुझे पापा की प्रतिक्रिया का डर लगता है। अगर मैंने डेंटिस्ट्री छोड़ने का निर्णय लिया तो मेरे परिवारवाले, मित्र, आस-पड़ोसवाले (लोग) क्या कहेंगे इस बात की चिंता मुझे सताती रहती है। लेकिन क्या पापा की प्रतिक्रिया से डरने या लोग क्या कहेंगे की चिंता करने की ज़रूरत है? या मुझे खुद पर विश्वास नहीं है कि मैं एक क्षेत्र छोड़ने के बाद, दूसरे क्षेत्र को अपना पाऊँगी? क्या मुझे अपना आत्मविश्वास खोने की ज़रूरत है? क्या है मेरी ज़रूरत?'

ज कि च?

क्या डेंटिस्ट्री छोड़ना कमल की ज़रूरत है, अगर हाँ तो पृष्ठ क्रमांक 46 पर जाएँ।
क्या डेंटिस्ट्री छोड़ना कमल की चाहत है, अगर हाँ तो पृष्ठ क्रमांक 29 पर जाएँ।

27

कमल ने संकल्प के सवाल का जवाब देते हुए कहा, 'हाँ बेटा... मैं ही नहीं बल्कि पापा भी 'ज कि च?' का इस्तेमाल हमेशा करते हैं। यही तो निर्णय लेने का पहला और सही कदम है।' फिर कमल ने संकल्प और सिद्धांत को अपने और इंद्रजीत के जीवन में घटी ऐसी कई घटनाओं के बारे में बताया, जिनमें उन्होंने 'ज कि च?' का इस्तेमाल किया था। अपने माता-पिता के जीवन से संबंधित कई पहलुओं को जानकर बच्चों को आश्चर्य हो रहा था, साथ ही उनका 'ज कि च?' की सीख पर विश्वास बढ़ रहा था। अब उनके मन में भी 'ज कि च?' की सीख अधिक गहराई से उतर रही थी। माँ और बच्चे बातों में इतने मग्न हो गए थे कि कब शाम हुई उन्हें पता ही नहीं चला। जब पापा ने ऑफिस से घर लौटने पर दरवाज़े की घंटी बजाई तब माँ को एहसास हुआ कि सूरज ढल चुका था। सिद्धांत ने दौड़कर दरवाज़ा खोला और पापा के जीवन के किस्से पापा को ही सुनाने लगा। माँ तुरंत रसोईघर में पापा के लिए चाय बनाने चली गई। सिद्धांत बड़बड़ करता हुआ पूरे घर में पापा के पीछे-पीछे घूम रहा था। सिद्धांत की बातों ने पापा की दिनभर की थकान गायब कर दी थी। हाथ-मुँह धोकर कपड़े बदलने के बाद पापा ने सिद्धांत को गोदी में उठा लिया और खाने की मेज़ पर जाकर बैठ गए। माँ ने बनाई हुई चाय की चुस्कियाँ लेते हुए अब पापा भी सिद्धांत को किस्से सुनाने लगे। माँ और संकल्प भी रसोईघर में खाने की तैयारी करते हुए पापा के किस्से सुनने लगे। देखते ही देखते विश्वभर के सभी विषयों पर चर्चा होने लगी।

पापा अपने ऑफिस के किस्से बताने लगे, 'पता है, हमारे ऑफिस के आचार्यजी ने फूलों पर इतना काम किया है कि उनकी आँखों पर पट्टी बाँधकर उनके हाथ में कोई भी फूल थमा दो, वे तुम्हें उस फूल के सारे गुण एक सेकंड में बता देंगे! इतने टैलेंटेड हैं आचार्यजी लेकिन कपड़े अपने पिताजी के ज़माने के पहनते हैं, बालों में अब भी चमेली का तेल लगाते हैं।'

इस पर सिद्धांत ने बताया, 'पापा, हमारी अंग्रेजी की पाठक मैम भी बालों में चमेली का तेल लगाती हैं। पाठक मैम कभी किसी क्लास के बच्चों को शोर मचाने के लिए सजा नहीं दे पाती हैं। पूछो क्यों?'

'क्यों?' माँ ने रसोईघर से पूछा।

 जवाब जानने के लिए पृष्ठ क्रमांक 32 पर जाएँ।

निर्णय लेने का आसान तरीका

28

माँ के दरवाज़ा खोलते ही सिद्धांत नज़रे बचाते हुए सीधे अपने कमरे में चला गया। हड़बड़ी में अपनी बॅग जगह पर रखी, यूनिफॉर्म उतारा, हाथ-मुँह धोए और चुपचाप पढ़ाई करने बैठ गया। तभी माँ ने आवाज़ लगाई, 'सिद्धांत पहले कुछ खा लो... आज भूख नहीं लगी क्या?'

'नहीं लगी भूख! प्लीज मुझे डिस्टर्ब मत करो... मैं पढ़ने की कोशिश कर रहा हूँ।' सिद्धांत के इस जवाब से माँ समझ गई कि किसी न किसी कारणवश उसका मूड उखड़ा हुआ है। इसलिए उसे कुछ देर के लिए अकेला छोड़ना ही ठीक समझा। सिद्धांत काफी देर तक किताबों की ओर घूरता रहा, उसके कानों में अब भी उसके मित्रों की हँसी गूँज रही थी। वह पापा से मिली सीख तो समझ गया था मगर उस सीख को अपनाना उसे बहुत मुश्किल लग रहा था।

कुछ देर बाद जब भैया स्कूल से लौटे और सिद्धांत से मिलने गाना गाते हुए उसके कमरे में गए तो उसके गुस्से का ज्वालामुखी फट गया।

'आप गाना क्यों गा रहे हैं? दिखाई नहीं देता मैं पढ़ रहा हूँ? आपको गाने के सारे बोल याद हैं तो दिनभर गाना गाते रहोगे? मुझे चिढ़ाते रहोगे?' सिद्धांत की ऊँची आवाज़ सुनकर माँ भी कमरे में आ गई। 'सिद्धांत... अपने भैया से कोई इस तरह बात करता है?' माँ को देखते ही सिद्धांत की आँखों से आँसू बहने लगे। यह देखकर भैया ने उसे गले से लगा लिया, 'सिद्धांत... क्या बात है? स्कूल में कुछ हुआ? मुझे नहीं बताएगा?' 'नहीं... कुछ नहीं हुआ... मैं यूँ ही रो पड़ा। सॉरी मैं आप पर चिल्लाया। आपकी कोई गलती नहीं है। सारी गलती मेरी है। मैं ही बुद्धू हूँ!' कहते हुए सिद्धांत घर से भाग गया और सीधे पार्क में जाकर झूले पर बैठ गया। भैया भी उसके पीछे-पीछे गए।

'सिद्धांत... बता तो क्या हुआ है!' 'आज सब मुझ पर हँसे... क्योंकि मैं स्पीच बीच में भूल गया। सब बहुत बुरे हैं... और मैं बुद्धू! एक स्पीच भी ढंग से याद नहीं कर पाता!'

'ऐसा नहीं है सिद्धांत! और इतनी सी बात पर कोई इतना गुस्सा करता है? सोचो... अगर कोई और स्पीच भूल जाता तो क्या तुम उस पर नहीं हँसते? ये तो इंसानी स्वभाव है... ऐसा किसी के भी साथ हो सकता है। और जो हो गया, सो हो गया... इन बातों को छोड़ देना सीखो... चलो... पहले घर चलो।' और भैया सिद्धांत को घर वापस ले गए।

घर पर आगे क्या हुआ, जानने के लिए पढ़ें पृष्ठ क्रमांक 16

ज कि च?

कमल जब-जब डेंटिस्ट्री छोड़ने का विचार करती थी तब-तब उसके घरवालों, रिश्तेदारों और दोस्तों की आवाज़ें उसके कानों में गुँजने लगती थी, घृणा से भरे उनके चेहरे उसकी आँखों के सामने नाचने लगते थे। ऐसे में निराशा के साथ-साथ डर भी उसे घेर लेता था... 'लोग क्या कहेंगे' इसका डर! यह डर उसके मन पर इतना हावी हो चुका था कि डेंटिस्ट्री छोड़ने के पश्चात मिलनेवाली मानसिक आज़ादी के विचार उसके मन में बेहतर भविष्य की उम्मीद पैदा नहीं कर पा रहे थे। उसने डर की भावना को अपनी ज़रूरत और गलत निर्णय को सुधारना अपनी चाहत समझ लिया था। 'मेरे जैसे कितने ही लोग होंगे जो अपने मनपसंद क्षेत्र में करियर नहीं कर पाते होंगे... मैं भी उन्हीं की तरह जी लूँगी... लोगों के ताने, पापा का गुस्सा और माँ की नाराज़गी सहने से तो बेहतर है कि मैं चुपचाप डेंटिस्ट्री ही पूरी कर लूँ!' यह सोचकर कमल खुद को दिलासा देती रही।

कमल अब जैसे-तैसे डेंटिस्ट बन चुकी थी। एक डॉक्टर लड़के से उसकी शादी भी हो चुकी थी। कमल को अब भी डेंटिस्ट्री का काम बिलकुल पसंद नहीं था लेकिन पति के कहने पर, घर से दबाव की वजह से उसने अपना क्लीनिक खोला और लोगों को ट्रीटमेंट देने लगी। एक दिन दोपहर में वह किसी का रूट-कैनल (दाँतों की ट्रीटमेंट) कर रही थी कि तभी क्लीनिक के रिसेप्शन पर किसी के झगड़ने की, गुस्से में चिल्लाने की आवाज़ें आने लगीं। कमल ने बाहर जाकर देखा तो एक इंसान पुलिस कंप्लेन करने की बातें कर रहा था। कमल की ट्रीटमेंट ने उसके दाँतों की हालत सुधरने की बजाए अधिक बिगड़ गई थी। इस इंसान की बातें सुनकर कमल के पसीने छूटने लगे और वह हड़बड़ाकर जाग गई।

कमल ने सपने में ही अपनी चाहत को पुष्टि देने के परिणाम देखे। साथ ही उसने एक और बात पकड़ी- अगर वह आज हिम्मत जुटाकर सही निर्णय नहीं लेगी तो उसे डर के प्रभाव में रहने की आदत पड़ जाएगी। आज वह मम्मी-पापा के दबाव में जीने का निर्णय लेती तो कल पति और बच्चों के दबाव में भी रहती। इस आदत के जन्म से पहले ही उसे मार डालने में समझदारी थी। इस सपने ने उसे न ही डेंटिस्ट्री छोड़ने की हिम्मत दी बल्कि इस बात का एहसास दिलाया कि वह चींटी से बचने के लिए चीते को आमंत्रण दे रही थी।

ज कि च?

चींटी से बचने के लिए चीते को आमंत्रण देने का अर्थ जानने के लिए पृष्ठ क्रमांक 37 पर जाएँ।

30

निर्णय लेने का आसान तरीका

कमल को डर था कि अगर वह अपनी भावनाएँ इंद्रजीत को बताएगी तो वह जापान जाने का निर्णय नहीं ले पाएगा और खुद के करियर का नुकसान कर बैठेगा। इसलिए उसने अपनी भावनाओं को मन के किसी कोने में दबाकर रखना ही उचित समझा। वह खुद होकर इंद्रजीत को जापान जाने से मना नहीं करना चाहती थी मगर उसकी इच्छा थी कि इंद्रजीत खुद जापान न जाने का निर्णय ले। इस तरह के विचारों ने कमल को परेशान करना शुरू कर दिया। अपनी भावनाएँ इंद्रजीत को न बताने की वजह से वह घुटन महसूस करने लगी थी। छोटी-छोटी वजहों को लेकर वह इंद्रजीत से झगड़ने लगती। अपनी भावनाओं को और छिपाना उसके लिए मुश्किल हो रहा था लेकिन वह इंद्रजीत से कुछ कहने के लिए भी तैयार नहीं थी।

दूसरी ओर इंद्रजीत जापान जाने के सपने खुली आँखों से भी देखने लगा था। इस घटना में मिसिंग लिंक यह थी कि इंद्रजीत जापान अपने काम के लिए नहीं बल्कि 'अलग चुनने' के लिए जाना चाहता था। वह इस बात को स्वीकार ही नहीं करना चाहता था कि उसके समक्ष भारत में ही अपने परिवार के साथ रहने का भी पर्याय था। इसके पीछे उसकी मान्यता ही कार्य कर रही थी- 'इंसान का स्वभाव बदलना असंभव है।'

इंद्रजीत और कमल दोनों की इच्छाएँ विरुद्ध होने की वजह से एक दिन दोनों के बीच घमासान युद्ध हुआ। दोनों अपनी-अपनी बातों पर अड़े रहना चाहते थे। बात बढ़ती गई और गुस्से में आकर इंद्रजीत बोल पड़ा, 'क्या चाहती हो तुम? यही, तुम्हारी सेवा के लिए रुक जाऊँ? यह तुम्हारी ज़रूरत है या चाहत? मेरी ज़रूरत का क्या? उसके बारे में सोचा है तुमने कभी?'

खुद के ही मुँह से 'ज़रूरत कि चाहत?' ये शब्द सुनकर इंद्रजीत को झटका लगा। वह कमल को 'ज कि च?' पर मनन करने के लिए कह रहा था मगर क्या उसने खुद 'ज कि च?' पर मनन किया था। कमल को भी रिमाइंडर (रिमाईंडर) मिला था, जिस वजह से वह एकदम शांत हो गई थी। दोनों ने कुछ समय के लिए एक दूसरे से दूर रहकर कपटमुक्त मनन करने का निर्णय लिया।

ज कि च?

कमल के मनन के बारे में जानने के लिए पृष्ठ क्रमांक 9 पर जाएँ।
इंद्रजीत के मनन के बारे में जानने के लिए पृष्ठ क्रमांक 23 पर जाएँ।

31

सिद्धांत घर पहुँचा तो माँ अपने कमरे में बैठी किताब पढ़ रही थी। डरा-सहमा सिद्धांत अंदर गया तो माँ ने किताब से ध्यान हटाकर पूछा, 'तो, मिल गया कॅलिडोस्कोप? ज़रा मुझे भी तो दिखाओ, कौन-कौन से पैटर्न बन रहे हैं?'

'माँ... दरअसल, कॅलिडोस्कोप नहीं मिला... आपने मुझे २० रुपए दिए थे और कॅलिडोस्कोप की किमत ४० रुपए थी इसलिए मैं कॅलिडोस्कोप खरीद नहीं पाया।' इस पर माँ ने कहा, 'तो तुम और २० रुपए माँगने आए हो?'

'हाँ माँ... रास्ते में मैंने सोचा कि गुल्लक से ले लूँ... आपको पता भी नहीं चलेगा। फिर मुझे आपका सवाल याद आया- "ज कि च?" और मैं समझ गया कि मुझे झूठ बोलने की कोई ज़रूरत नहीं है... झूठ बोलना तो केवल मेरी चाहत थी, अनावश्यक था... इसलिए मैं आपसे पैसे माँगने आ गया।'

यह सुनकर माँ उठी और अलमारी से पैसे निकालकर सिद्धांत के हाथों में थमाते हुए कहा, 'ये लो २० रुपए... कॅलिडोस्कोप खरीदने के लिए नहीं, अपने गुल्लक में डालने के लिए! मैं बहुत खुश हूँ कि तुम "ज कि च?" का इस्तेमाल कर पाए। याद रखना जब भी मन में झूठ बोलने का विचार आए तो वह विचार तुम्हारी चाहत की वजह से ही पैदा होता है। जैसे तुमने लालच में फँसकर झूठ बोलना चाहा, कोई गुस्से में झूठ बोल देता है, कोई नफरत की वजह से झूठ बोलता है... चाहे किसी भी परिस्थिति में क्यों न कहा गया हो... झूठ आखिर झूठ ही होता है मगर तुम्हें यह सीखना है कि झूठ बोले बगैर भी काम हो सकता है।'

माँ से प्रशंसा पाकर सिद्धांत खुश था। उसने खुद की ही नकल करते हुए कहा, 'सिद्धांत... क्या झूठ बोलना तुम्हारी ज़रूरत है या चाहत? झूठ बोलना मेरी ही नहीं बल्कि किसी की भी ज़रूरत नहीं होती, केवल सत्य ही इंसान की ज़रूरत है।' माँ ने हँसकर कहा, 'बिलकुल सही! ये रहे और २० रुपए... तुम्हारे कॅलिडोस्कोप के लिए।'

'माँ... आप भी न! कॅलिडोस्कोप खरीदना मेरी ज़रूरत नहीं चाहत है और चुनाव ज़रूरत का होना चाहिए। मुझे पैसे नहीं चाहिए!' सिद्धांत अपना पहला सबक सीख चुका था।

आगे की कहानी पढ़ें पृष्ठ क्रमांक *13* पर।

'क्योंकि पाठक मैम बालों में इतना तेल लगाती हैं कि उनके आने से पहले ही उनके बालों में लगे तेल की बदबू आने लगती है। बदबू आते ही बच्चे चुप हो जाते हैं और सजा मिलने से बच जाते हैं।' सिद्धांत का जवाब सुनकर सभी हँस पड़े तभी संकल्प ने कहा, 'अरे, कम से कम पाठक मैम अच्छी अंग्रेजी तो बोल लेती हैं। पापा, आपने हमारे महाजन सर की अंग्रेजी सुनी है? उनसे बेहतर तो छोटे बच्चे घर पर ही बोलना सीख लेते हैं!'

'अरे, अंग्रेजी में सुभाष सर का भी हाथ तंग है। इतने बड़े समीक्षक हैं, आज तक उन्होंने सौ से अधिक किताबों पर काम किया होगा पर किसी भी सभा में स्पीच देने से कतराते हैं, अंग्रेजी उन्हें आती नहीं और ज़्यादातर श्रोताओं को हिंदी समझती नहीं!' माँ ने भी अपना किस्सा सुनाया।

इस पर सिद्धांत ने कहा, 'पता है माँ, कल गार्डन में शर्मा आंटी ने पंडित आंटी से क्या कहा?'

'क्या कहा?' माँ ने दाल को तड़का लगाते हुए पूछा।

'आप बस नाम की समीक्षक हैं। घर और करियर एक साथ सँभालना आपके बस की बात नहीं है।' सिद्धांत की इन बातों ने घर के हलके-फुलके वातावरण को गंभीर कर दिया। क्या माँ गुस्सा होंगी? क्या उनके मन में बदले की भावना जगेगी?

सिद्धांत के परिवार में अब तक तो सब कुछ उनकी 'ज़रूरत' के अनुसार हो रहा था। माता-पिता अपने बच्चों को कम उम्र में ही उच्चतम शिक्षाएँ प्रदान कर रहे थे और ज़रूरत पड़ने पर बच्चे अपने माता-पिता को इन्हीं शिक्षाओं का रिमाईंडर दे रहे थे। परिवार का हरेक सदस्य अपने-अपने स्तर पर सही चुनाव कर रहा था। लेकिन क्या ये चारों एक परिवार (एक संघ) की तरह सही चुनाव कर पाएँगे? क्या यह परिवार उपरोक्त घटना में घटी उनकी गलती को पकड़ पाएगा? इस घटना से कुछ सीख पाएगा?

जानने के लिए पढ़ें पृष्ठ क्रमांक 48
ज कि च?

दूसरे दिन स्कूल से आते ही जूते निकालते हुए सिद्धांत ने माँ से पूछा, 'माँ... मैं आपको अपने मनवर्क के बारे में बताऊँ?' 'पहले कपड़े बदलो, हाथ-मुँह धो लो और फिर खाना खाते-खाते बताओ।' माँ ने रसोईघर से जवाब दिया और सिद्धांत के लिए खाना परोसा। सिद्धांत ने मुँह में पहला निवाला डालते ही अपना किस्सा बताना शुरू किया, 'पता है, आज सुबह फिर शशांक स्कूल बस के लिए लेट हुआ। ड्राइवर अंकल बड़े गुस्से में बोले- 'आनंदनगर कॉलनी के बच्चे कभी समय पर नहीं आते।' मुझे बहुत बुरा लगा क्योंकि मैं तो समय पर पहुँच गया था, सिर्फ शशांक लेट था। शशांक की वजह से मुझे भी डाँट पड़ी थी, मुझे उस पर बड़ा गुस्सा आया। मैंने उससे कहा भी कि 'तेरी वजह से रोज़ हम लेट हो जाते हैं, तू समय पर क्यों नहीं आता?' लेकिन तभी मेरी पकड़ में आया कि मैंने तो 'च' का चुनाव कर लिया। फिर मैंने तुरंत अपनी ये चिड़चिड़ बंद की और जप पर सोचने लगा। तब मुझे समझ में आया कि ड्राइवर अंकल गुस्से में थे इसलिए ऐसा बोले। उनकी बात पर मुझे नाराज़ होने की कोई ज़रूरत नहीं है। मैं जानता हूँ कि मैं समय पर पहुँच जाता हूँ और आगे भी पहुँचता रहूँगा।' सिद्धांत ने एक किस्सा खत्म किया और तुरंत दूसरा किस्सा सुनाना शुरू किया।

'फिर स्कूल में लंच ब्रेक के बाद गणित की क्लास थी। त्रिपाठी सर ने एक बड़ा ही मुश्किल सवाल दिया था। काफी कोशिश करने के बाद भी मैं सवाल समझ

ज कि च?

आगे के पृष्ठ पर जाएँ।

34

नहीं पाया। इसलिए उसका जवाब भी नहीं निकाल पाया। शशांक मेरे बाजू में बैठा था। उसे जवाब मिल गया था। मैं सोच ही रहा था कि शशांक का जवाब देख लूँ या सर के जवाब देने का इंतज़ार करूँ तभी शशांक मुझे बुद्धू कहकर चिढ़ाने लगा लेकिन मैं गुस्सा नहीं हुआ और न ही नाराज़ हुआ। एक सवाल का जवाब न आने से मैं बुद्धू नहीं बन जाता, मुझे बाकी सब आता है तो भला मैं बुद्धू कैसे हुआ? फिर जब त्रिपाठी सर ने जवाब बताया तो मैंने अपनी किताब में लिख लिया। इस तरह मैंने बिलकुल चिड़चिड़ नहीं की।' सिद्धांत ने दूसरा किस्सा भी खत्म किया। लेकिन किस्सों के अलावा माँ के समक्ष रखने के लिए उसके पास एक सवाल भी था, 'माँ... अब मैं 'ज कि च?' के चार अलग-अलग अर्थ जानता हूँ तो उलझन में पड़ जाता हूँ कि कौन से 'ज कि च?' का इस्तेमाल करूँ! बताओ न, ऐसे समय पर क्या करूँ? और क्या मैंने अपना मनवर्क ठीक किया?' तभी संकल्प भी घर पहुँच चुका था और उसने भी अपने मनवर्क के बारे में बताना शुरू किया।

पहली घटना के मनवर्क में माँ की प्रतिक्रिया जानने के लिए पढ़ें पृष्ठ क्रमांक *18*
दूसरी घटना के मनवर्क में माँ की प्रतिक्रिया जानने के लिए पढ़ें पृष्ठ क्रमांक *45*
सिद्धांत की समस्या का समाधान जानने के लिए पढ़ें पृष्ठ क्रमांक *52*

'माफ कर दूँ?' सिद्धांत ने चौंक कर पूछा।

उसे इस विषय की गहराई समझाने के लिए पापा भी सिद्धांत के पास सोफे पर बैठ गए। 'हाँ बेटा... माफ कर दो। तुम्हारे दोस्त तुम पर जानबूझकर तो नहीं हँसे न! वैसे भी नाराज़ रहने से तुम्हें क्या फायदा होगा? और इससे क्या तुम्हारे दोस्तों को कुछ फर्क पड़ रहा है? उन्हें तो पता भी नहीं होगा कि तुम उनसे नाराज़ हो। वे तो आराम से गार्डन में खेल रहे होंगे और तुम यहाँ दुःखी हो रहे हो। सोचो ज़रा...'

'ये सब तो ठीक है मगर माफ करने से भी तो मुझे कोई फायदा नहीं होगा। वे तो सॉरी भी नहीं बोल रहे हैं, फिर भी मैं उन्हें माफ क्यों करूँ?'

'क्योंकि माफ करने से हम सामनेवाले पर नहीं बल्कि खुद पर ही एहसान करते हैं। इस बात को बेहतर समझने के लिए एक कहानी सुनो।' कहते हुए पापा ने सिद्धांत को गोदी में उठा लिया और कहानी सुनाने लगे।

'कहानी का हीरो है- क्षमीक।'

ज कि च?

क्षमीक की कहानी पढ़ने के लिए पृष्ठ क्रमांक 39 पर जाएँ।

36

निर्णय लेने का आसान तरीका

दूसरे दिन संकल्प की टेनिस डबल्स की मैच थी, जिसमें उसका साथीदार अभिषेक था। वे दोनों मैच तो हार गए थे लेकिन संकल्प ने माँ की 'जप कि चिड़चिड़?' की सीख का इस्तेमाल किया था। वह घर पहुँचा तो सिद्धांत अपने मनवर्क के बारे में बता रहा था। संकल्प ने पहले कपड़े बदले, हाथ-मुँह धोए, फिर माँ और सिद्धांत के साथ खाना खाने बैठ गया।

'सिद्धांत का हो गया हो तो मैं भी अपने मनवर्क के बारे में बताऊँ?' संकल्प ने पूछा। माँ ने अनुमति दी तो उसने अपने साथ घटी घटनाओं के बारे में बताया, 'आज मैच में अभिषेक मेरा पार्टनर था। उसकी एक गलती की वजह से हम मैच हार गए। ग्राउंड पर मौजूद सभी हमें 'लूजर्स' कहकर चिढ़ाने लगे। मुझे अभिषेक पर चिल्लाने की इच्छा हो रही थी। लेकिन मैं उस पर नहीं चिल्लाया क्योंकि उस पर चिल्लाने से मैं ''चिड़चिड़'' का चुनाव कर लेता। ये विचार आते ही मैं रुक गया, अभिषेक को गुस्से से देखने के अलावा और कुछ नहीं कर पाया। फिर जब 'जप' पर मनन किया तो मेरी पकड़ में आया कि महाजन सर समझ गए थे कि गलती अभिषेक की थी। उन्होंने उसे समझाया भी और मेरी तारीफ भी की। मगर महाजन सर तारीफ नहीं भी करते तो मैं अपने आपको शाबाशी दे सकता था। मैंने तुरंत खुद की स्किल्स पर गौर किया और खुद को ही शाबाशी दी। दुःखी होने के बजाए खुश हो गया। ये थी पहली घटना।'

'दूसरी घटना फ्री पीरियड में घटी। आज आखिरी पीरियड में हमारे क्लास में कोई टीचर नहीं थी। हर कोई किसी न किसी तरह से बदमाशी कर रहा था। कुछ बच्चे एक-दूसरे का मज़ाक उड़ा रहे थे, एक-दूसरे को मार रहे थे, कुछ अंताक्षरी खेल रहे थे तो कुछ ब्लैकबोर्ड पर फिल्मों के नाम लिख रहे थे। मैं अपनी जगह पर बैठकर किताब पढ़ रहा था। एक क्षण के लिए मेरी भी मस्ती करने की इच्छा हुई कि तभी मेरे दोस्त मुझे ''डरपोक'' कहकर चिढ़ाने लगे लेकिन मैंने चिड़चिड़ नहीं की। मैं जप करता रहा कि मैं जो भी कर रहा हूँ, सही कर रहा हूँ। मस्ती करने से बेहतर है कि किताब पढ़ी जाए। दोस्तों के चिढ़ाने से नाराज़ होने की आवश्यकता नहीं है। समय आने पर वे समझ जाएँगे। कुछ देर बाद प्रिन्सिपल कक्षा में आए और सबको सज़ा दी। मैं बच गया। मैंने ठीक किया न माँ? मेरा एक सवाल भी है- आज मैं काफी उलझन में पड़ गया कि कौन से 'ज कि च?' का इस्तेमाल करूँ? चारों 'ज कि च?' में से कौन सा सही रहेगा?'

 पहली घटना के मनवर्क में माँ की प्रतिक्रिया जानने के लिए पढ़ें पृष्ठ क्रमांक 18
दूसरी घटना के मनवर्क में माँ की प्रतिक्रिया जानने के लिए पढ़ें पृष्ठ क्रमांक 45
संकल्प की समस्या का समाधान जानने के लिए पढ़ें पृष्ठ क्रमांक 52

37

'लोग क्या कहेंगे?' इस डर के प्रभाव में कमल डेंटिस्ट बनने की मानसिक तैयारी करने लगी थी। उसे अपनी इच्छा के विरुद्ध कार्य करना, अपनी सुप्त कला को पहचानने से महरूम रहना, लोगों के ताने सुनने से आसान लगने लगा था। लेकिन वह यह समझने से चुक गई थी कि आसान मार्ग का चुनाव करना उसकी चाहत और सही मार्ग का चुनाव करना उसकी ज़रूरत थी। आज वह लोगों के तानों से बचने के लिए आगे चलकर बड़ी मुसीबतों को आमंत्रण दे रही थी।

इंसान के साथ भी अकसर ऐसा ही होता है। आसान और सही के बीच वह आसान मार्ग चुनना पसंद करता है। चाहत और ज़रूरत के बीच चाहत को चुनने की तरफ ही उसका झुकाव होता है। आसान मार्ग या चाहत को चुनते समय इंसान इस बात को भूल जाता है कि वह छोटी मुसीबत से बचने के लिए बड़ी मुसीबत को आमंत्रण दे रहा है, एक छोटी चाहत पूरी करके बड़ी मुश्किलों को जन्म दे रहा है। उदाहरणार्थ- किसी इंसान को कान साफ करने का आलस्य है। वह हमेशा कान साफ करने की अपनी ज़रूरत को छोड़कर आलस्य की चाहत को चुनता है। कुछ ही महीनों में इसका परिणाम आता है कि उस इंसान के कान में इतना मैल जम जाता है कि उसके समक्ष ऑपरेशन करने के अलावा और कोई चारा नहीं बचता। इसलिए यह हमेशा याद रखें कि आसान मार्ग का चुनाव इंसान की चाहत और सही मार्ग का चुनाव इंसान की ज़रूरत है। सही और गलत के बीच में तो कोई भी सही मार्ग का आसानी से चुनाव कर सकता है। उसी इंसान का व्यक्तित्व आदर्श कहलाता है जो आसान और सही मार्ग में भी सही का ही चुनाव करे।

कमल के सपने ने उसे चाहत को चुनने का परिणाम दिखलाया था। किंतु वह समझ गई कि चींटी से बचने के लिए चीते को आमंत्रण देना नादानी होगी।

ज कि च?

कमल का निर्णय बदलवाने के लिए पृष्ठ क्रमांक 46 पर जाएँ।

निर्णय लेने का आसान तरीका

38

दूसरे दिन सिद्धांत सुबह उठा तो उसे क्षमीक की कहानी याद थी। स्कूल जाने की तैयारी करते हुए वह नन्हीं परी के वरदान के बारे में ही सोच रहा था। पापा के समझाने पर वह अपने दोस्तों को माफ कर चुका था और खुशी-खुशी स्कूल गया था किंतु जब वह स्कूल पहुँचा तो क्लासरूम में जाते ही उसके दोस्त फिर उस पर हँसने लगे, उसे चिढ़ाने लगे, 'देखो-देखो... भुलक्कड़ आ गया। एक स्पीच भी ठीक से याद नहीं कर सकता... ये भुलक्कड़! हा हा हा हा!'

दोस्तों की बातें सुनकर सिद्धांत की खुशी को नज़र लग गई। अब वह समझ नहीं पा रहा था कि करे तो क्या करे? क्षमीक की तरह क्षमाशील बनकर दोस्तों को माफ करे या फिर नाराज़ हो जाए?

ज कि च?

क्या सिद्धांत नन्हीं परी का वरदान याद रख पाएगा? (पृष्ठ क्रमांक 51)

या सिद्धांत जीवन के इस चोट को जोक की तरह लेगा? (पृष्ठ क्रमांक 49)

नन्हीं परी का वरदान

क्षमीक एक निडर, काम के प्रति समर्पित और ईमानदार लड़का था लेकिन नाम क्षमीक होने के बावजूद भी वह किसी को आसानी से माफ नहीं कर पाता था। इसी कारण वह किसी न किसी बात को लेकर हमेशा नाराज़ रहता था। माँ के द्वारा कई बार समझाने पर भी वह क्षमा का महत्त्व समझ नहीं पा रहा था। पता है क्षमीक बहुत बड़ा आदमी बनना चाहता था, अपने पापा की तरह ही वह भी स्पोर्ट्स कॉम्पिटिशन में अव्वल आना चाहता था। इसलिए दिन-रात मेहनत करता, स्कूल के बाद पूरा समय स्कूल के ग्राउंड पर ही बिताता, फिर भी अपने लक्ष्य से कोसों दूर था। वह समझ नहीं पा रहा था कि लाख कोशिशों के बावजूद भी वह सफल क्यों नहीं हो रहा है... आखिर ऐसा क्या है, जो उसकी सफलता में बाधा बन रहा है।

एक बार एक नन्हीं परी उसके सपने में आई और उससे कहा, 'क्षमीक... तुम स्पोर्ट्स कॉम्पिटिशन जीत पाओ इसलिए मैं तुम्हें एक वरदान दे रही हूँ। इससे तुम्हारे अंदर वह गुण विकसित होगा जो तुम्हें सफलता के शिखर तक पहुँचाएगा। मेरे वरदान की वजह से जो इंसान जीत हासिल करने में तुम्हारी मदद करनेवाला होगा, उससे तुम एक रस्सी के ज़रिए बँध जाओगे। रस्सी बँधते ही समझ जाना कि यही इंसान तुम्हारी मदद करनेवाला है। यह रस्सी केवल तुम्हें दिखाई देगी। याद रहे, उस इंसान से मदद पाने के लिए पहले तुम्हें उस रस्सी से छूटकारा पाना होगा। लेकिन वह रस्सी गायब कैसे होगी, उसके लिए तुम्हें क्या करना होगा और वह इंसान मददगार कैसे साबित होगा, यह मैं तुम्हें नहीं बताऊँगी। यह बात तुम्हें खुद खोज निकालनी है। ऑल द बेस्ट!' इतना कहकर नन्हीं परी गायब हो गई।

सुबह जब क्षमीक उठा तब वह खुशी से झूम रहा था क्योंकि नन्हीं परी के वरदान से अब उसकी सफलता का रास्ता आसान हो गया था। इसी खुशी के साथ वह स्कूल की तैयारी करने लगा। वह स्नान

आगे की कहानी पढ़ें अगले पृष्ठ पर।

करने जाने ही वाला था कि तभी पापा ने बरामदे से आवाज़ लगाकर उसे सूर्य नमस्कार करने के लिए बुला लिया। पापा की आवाज़ सुनते ही क्षमीक बड़ा नाराज़ हुआ क्योंकि उसे सूर्य नमस्कार करना बिलकुल पसंद नहीं था। नाराज़गी का विचार मन में आते ही वह पापा से एक रस्सी से बँध गया, उसे रस्सी का खिंचाव महसूस होने लगा। क्षमीक इस रस्सी को देखकर उलझन में पड़ गया... वह समझ नहीं पा रहा था कि जिनसे वह नाराज़ था, वे ही उसकी मदद कैसे करनेवाले थे? उसे नन्हीं परी की बात याद आई और वह मनन करने लगा, 'पापा के साथ रस्सी क्यों बँधी होगी? मुझे उनसे किस तरह की मदद लेनी चाहिए? लेकिन सबसे पहले यह रस्सी गायब कैसे की जाए? रस्सी की वजह से मैं आसानी से हिल भी नहीं पा रहा हूँ। शायद पापा से बातचीत करने पर यह गायब हो जाए।' और कोई उपाय न सुझने पर क्षमीक पापा के समक्ष बरामदे में पहुँचा।

क्षमीक ने देखा कि पापा पेचीदे आसन भी बड़ी सहजता से कर रहे थे। पापा के शरीर का लचीलापन देखकर क्षमीक को आश्चर्य के साथ-साथ ईर्ष्या भी हुई। उसने भी पापा की तरह आसन करने का प्रयास किया मगर उसका शरीर लचीला न होने के कारण और पापा से बँधी रस्सी के खिंचाव से वह असफल रहा। सीधे-साधे योगासन करने में भी उसे काफी तकलीफ हो रही थी और अपनी दुर्बलता पर शर्म आ रही थी। पापा की बात न मानकर उनसे नाराज़ हो जाने की गलती का एहसास भी उसे हो रहा था।

योगासन करने में क्षमीक की तकलीफ देखकर पापा ने कहा, 'इसलिए कहता हूँ... रोज सूर्य नमस्कार किया करो, योगासन किया करो तभी शरीर स्वस्थ, तंदुरुस्त और लचीला रहेगा। खिलाड़ियों के शरीर के लिए ये तीन गुण बहुत महत्वपूर्ण हैं। योगा ही तो स्पोर्ट्स कॉम्पिटिशन की मेरी जीत का राज़ है। इसलिए मैं तुम्हें रोज़ बुलाता हूँ मगर तुम मानते ही नहीं और नाराज़ हो जाते हो!'

आगे की कहानी पढ़ें अगले पृष्ठ पर।

41

यह बात सुनते ही क्षमीक अपनी गलती समझ गया। उसने तुरंत पापा से अपनी नादानी की माफी माँगी, 'सॉरी पापा... मैं बिना वजह नाराज़ होता रहा। आज के बाद मैं यह गलती नहीं दोहराऊँगा और रोज़ आपके साथ योगा करूँगा!' क्षमीक के मुँह से ये शब्द निकलते ही रस्सी गायब हो गई। रस्सी का खिंचाव मिटते ही क्षमीक एक तरह का हलकापन और राहत महसूस करने लगा। पापा भी उसकी बात से खुश हुए और अपने बेटे को योगा का मार्गदर्शन देने लगे। योगा करते हुए क्षमीक रस्सी के गायब होने के बारे में ही सोच रहा था कि अचानक 'यूरेका' हुआ और वह समझ गया कि उसकी नाराज़गी ही उसकी सफलता में बाधा बन रही थी और क्षमा माँगते ही इस बाधा को मिटाया जा सकता है। 'माफी माँग पाना' ही वह गुण था, जिसकी बात नन्हीं परी ने की थी और पापा ही उसे योगा द्वारा जीत के लिए तैयार करने में उसकी मदद करनेवाले थे। क्षमीक अब नन्हीं परी का वरदान कुछ-कुछ पकड़ पा रहा था। उसने खुशी-खुशी योगा पूर्ण किया और नन्हीं परी के वरदान पर मनन करता हुआ नहाने चला गया। फिर स्कूल के लिए तैयार होकर नाश्ता करने, खाने की मेज़ पर आकर बैठ गया।

माँ ने उसे नाश्ते में मेथी के पराठे और सलाद दिया था। एक-दो पराठे थोड़े से जले हुए थे। अपनी नापसंद चीज़ें देखकर क्षमीक गुस्सा हुआ और वह माँ एवं नाश्ते की प्लेट के साथ रस्सियों से बँध गया। क्षमीक खाने का शौकीन था मगर नापसंद चीज़ें मिलने से वह इतना गुस्सा था कि रस्सियों को देख ही नहीं पाया। वह गुस्से में ही सलाद खाने लगा और हर निवाले के साथ पराठा जलाने के लिए माँ को कोसने लगा। उसके हर नकारात्मक विचार के साथ रस्सियाँ मोटी होने लगीं, उनका खिंचाव बढ़ने लगा। क्षमीक जैसे-तैसे नाश्ता खत्म कर रहा था। वह अब भी गुस्से से लाल था और रस्सियों के खिंचाव से अनजान। नाश्ता खत्म करके जब वह कुर्सी से उठा तो उसे मेज

आगे की कहानी पढ़ें अगले पृष्ठ पर।

निर्णय लेने का आसान तरीका

का कोना लग गया। जिसके दर्द से वह कराह उठा। इस घटना से क्षमीक का ध्यान अपने गुस्से से हटकर रस्सियों पर गया।

इतनी मोटी रस्सियाँ देखकर वह चौंक गया और तुरंत समझ गया कि जैसे पापा से नाराज़ होने की वजह से पहली रस्सी बँधी थी, ठीक उसी तरह उसके गुस्से की वजह से ही ये दो रस्सियाँ बँधी हैं। यह एहसास होते ही उसने मेज पर सामने पड़ी नाश्ते की प्लेट से और मन ही मन पेट में गए खाने से क्षमा माँगी, 'मुझे माफ कर दो... मैंने आपके गुण धर्म को नज़रअंदाज़ करके केवल स्वाद पर ध्यान देकर गुस्सा किया आय एम सॉरी!' और क्या आश्चर्य पहली रस्सी की तरह प्लेट से बँधी रस्सी भी गायब हो गई। क्षमीक ने फिर एक हलकेपन की अनुभूति की।

लेकिन माँ से बँधी रस्सी अब भी मौजूद थी। माँ ने आज पराठे जला दिए थे इसलिए क्षमीक नाराज़ था। उसने फिर मनन शुरू किया और उसे समझ में आया कि नाराज़ होने की कोई वजह ही नहीं थी। क्या रोज़ माँ स्वादिष्ट खाना नहीं बनाती? एक दिन पराठा जल गया तो क्या हुआ? मुझे माँ की इस छोटी सी गलती को माफ कर, नज़रअंदाज़ कर देना चाहिए था। माँ को माफ करने का विचार आते ही माँ से बँधी रस्सी भी गायब हो गई। नन्हीं परी के वरदान ने माफी माँगना और माफ करना दोनों ही आयामों को क्षमीक के सामने लाया था।

वह भागता हुआ माँ के पास गया और माँ के गले लग गया। क्षमावान बनने के गुण ने उसे एक अलग खुशी का एहसास करवाया था। क्षमीक स्कूल पहुँचा तब भी नन्हीं परी का वरदान उसे हर क्रिया के साथ याद आ रहा था। दिनभर रस्सियाँ बँध रही थीं, गायब हो रही थीं और क्षमाशीलता का गुण धीरे-धीरे क्षमीक में उतर रहा था।

दिनभर की घटनाओं के बाद क्षमीक क्षमा माँगने और क्षमा करने का महत्त्व भली-भाँति समझ गया था। उस दिन रात को नन्हीं परी

आगे की कहानी पढ़ें अगले पृष्ठ पर।

फिर उसके सपने में आई, 'क्षमीक... मुझे तुम पर बहुत गर्व है। तुमने मेरे वरदान का पूर्ण लाभ लिया। शाबाश! अब तो तुम समझ गए न कि क्षमाशीलता का क्या महत्त्व है? मेरे वरदान की वजह से आज तुम रस्सियाँ देख पा रहे थे... लेकिन मनन करो कि आज तक तुमने कितनी रस्सियाँ बाँधी होंगी? अब समय आ गया है कि तुम क्षमा साधना द्वारा सारी रस्सियाँ गायब कर दो। साथ ही ध्यान रहे कि अधिक रस्सियाँ न बँधे! क्या तुम फिर किसी रस्सी से बँधना चाहते हो?'

'नहीं!' सिद्धांत ने ज़ोर से जवाब दिया। वह पापा की कहानी में इतना डूब गया था कि वह खुद को क्षमीक की जगह देख रहा था। सिद्धांत के जवाब से पापा हँस पड़े और उसे गले लगा लिया। कहानी सुनाने का उनका उद्देश्य पूर्ण हुआ था- सिद्धांत क्षमा करने का महत्त्व समझ गया था। पापा ने उसे दोस्तों को माफ करने की बात याद दिलाई, 'तो सिद्धांत, क्या अब तुम अपने दोस्तों को माफ कर पाओगे?'

सिद्धांत पापा की गोदी से उतरा और उनके सामने खड़े होकर कहने लगा, 'हाँ पापा! मैं उन्हें माफ भी करूँगा और जिस घटना को मैं चोट समझ रहा था उसे जोक के रूप में लूँगा, डी.एन.ए. से बचकर रहूँगा।' अब सिद्धांत स्कूल जाकर अपने दोस्तों से मिलने के लिए काफी उत्सुक था।

ज कि च?

कल स्कूल में क्या होगा यह जानने के लिए पढ़ें पृष्ठ क्रमांक 38

क्षमाशीलता पर आधारित पुस्तक 'क्षमा का जादू' के बारे में जानने के लिए पढ़ें पृष्ठ क्रमांक 59

निर्णय लेने का आसान तरीका

44

माँ के दरवाज़ा खोलते ही सिद्धांत नज़रे बचाते हुए सीधा अपने कमरे में गया। हड़बड़ी में अपनी बॅग जगह पर रखी, यूनिफॉर्म उतारा, हाथ-मुँह धोए और चुपचाप पढ़ाई करने बैठ गया। तभी माँ ने आवाज़ लगाई, 'सिद्धांत पहले कुछ खा लो... आज भूख नहीं लगी क्या?'

'नहीं माँ... आज भूख नहीं है और होमवर्क भी काफी है। पढ़ाई हो जाए फिर खा लूँगा!'

सिद्धांत के इस जवाब से माँ समझ गई कि ज़रूर कुछ न कुछ गड़बड़ है। वह दूध का गिलास लेकर उसके कमरे में गई, 'क्या बात है! आज तो मेरा बेटा गुड बॉय की तरह पढ़ाई कर रहा है। लो... दूध पी लो।'

'माँ... आप भी न... बस होमवर्क ज़्यादा है इसलिए पढ़ाई करने बैठ गया', दूध पीते हुए सिद्धांत ने कहा।

'अच्छा... ये तो बताओ कि आज की स्पीच कॉम्पिटीशन का क्या हुआ? तुम अपने दोस्तों को ''ज कि च?'' का अर्थ समझा पाए या नहीं?'

इस पर सिद्धांत की आँखों में एकदम आँसू भर आए। माँ को गले लगाते हुए उसने सारी हकीकत बताई, 'मैं ऐसे कैसे भूल गया माँ... मैं बुद्धू हूँ क्या? जो एक स्पीच भी ढंग से याद नहीं कर पाया! और मेरे दोस्त! दोस्त ऐसे होते हैं क्या... जो अपने ही दोस्त पर हँसे! मुझे बहुत बुरा लग रहा है माँ!'

माँ ने सिद्धांत के आँसू पोंछते हुए कहा, 'इतनी सी बात पर कोई रोता है भला? पहले रोना बंद करो और मेरी बात ध्यान से सुनो...।'

माँ की बात सुनने के लिए पृष्ठ क्रमांक 16 पर जाएँ।

ज कि च?

दूसरी घटना- बच्चों ने सही निर्णय लिया था मगर उच्चतम नहीं। हर घटना में इंसान के पास तीन चुनाव होते हैं- गलत, सही और उच्चतम। आज मौका था कि माँ उन्हें उच्चतम चुनाव के बारे में बताए। बच्चों को आसानी से बात समझे इसलिए माँ ने इसी संदर्भ में उन्हें एक चुटकुला सुनाया, 'चक्की सिंग नामक एक इंसान था। एक दिन वह कहीं जा रहा था। रास्ते में उसे केले का छिलका पड़ा मिला। चक्की सिंग उसे देख नहीं पाया और उस पर से फिसलकर गिर पड़ा। अगले दिन वह फिर उसी रास्ते से गुज़र रहा था। उस दिन भी रास्ते में केले का छिलका पड़ा था। इस बार चक्की सिंग ने उस छिलके को देख लिया और कहने लगा, 'आज फिर गिरना पड़ेगा' और वह छिलके से फिसलकर गिर गया। तीसरे दिन उसी रास्ते पर केले के दो छिलके पड़े थे। जब चक्की सिंग उस रास्ते से गुज़रा तो उसने वे दोनों छिलके देखे। एक रास्ते के दायीं ओर पड़ा था तो दूसरा बायीं ओर। अब वह सचमुच परेशान हो गया, यह सोचकर कि 'अरे! आज तो यहाँ पर दो-दो छिलके पड़े हैं, अब फिसलूँ भी तो किस छिलके पर से फिसलूँ?' चुटकुला सुनकर बच्चे हँस पड़े। फिर माँ ने समझाया,

'पता है, आज तुम दोनों चक्की सिंग बन गए थे।'

'चक्कीसिंग और हम! वह कैसे?' सिद्धांत ने पूछा।

'चक्कीसिंग के पास सही और गलत के बीच चुनाव करने की आज़ादी थी; लेकिन उसने सिर्फ गलत का ही चुनाव किया- इस छिलके से फिसलूँ या उस छिलके से! वैसे ही सिद्धांत तुमने भी दो चाहतों में से एक को चुना- शशांक का जवाब देखूँ या सर का? और संकल्प तुमने सोचा- किताब पढ़ूँ या मस्ती करूँ! अंत में परिस्थिति के अनुसार तुम दोनों ने सही चुनाव किया मगर वह चुनाव उच्चतम नहीं था।' माँ ने कहा।

सिद्धांत के मन में एक और सवाल उठा, 'उच्चतम चुनाव! वह क्या होता है?'

ज कि च?

उच्चतम चुनाव का अर्थ समझने के लिए पृष्ठ क्रमांक 54 पर जाएँ।

कमल का पूरी ईमानदारी से खुद के साथ मनन चल रहा था। इस मनन में सबसे महत्वपूर्ण योगदान अगर किसी का था तो वह है तेजज्ञान की विभिन्न किताबों का...। 'सेल्फ-हेल्प' प्रदान करनेवाली ये किताबें कमल को उसके हर सवाल का जवाब दे रही थीं। इसी से उसमें सही निर्णय लेने की हिम्मत भी आ रही थी। जीवन का रूख बदलनेवाले इस दौर में कमल ने 'ज कि च?' का इतना इस्तेमाल किया कि अब वह मन में उठे हर विचार पर 'ज कि च' पूछकर अपना सुनहरा सिक्का उछालने लगी थी। जब उसके मन में अपने गलत निर्णय को अपने दोस्तों से या रिश्तेदारों से छिपाने का विचार आया तब उसने तुरंत खुद से पूछा- क्या अपनी गलती पर लज्जित होने की ज़रूरत है? या मेरे मन में लोगों के सामने अपनी अच्छी छवि बनाए रखने की चाहत उठ रही है? कपटमुक्त मनन उसे बता रहा था कि उसमें अच्छी छवि (गुड लुकिंग) की चाहत थी। ऐसे में उसने जाना कि लज्जित होने की कोई आवश्यकता नहीं थी बल्कि खुलकर अपनी गलती का हर पहलू स्वीकार करना ज़रूरी था। इससे वह अपने भूतकाल का बोझ कंधों पर न लादते हुए, भविष्यकाल में प्रवेश कर पा रही थी।

आश्चर्य की बात तो यह थी कि कुछ अरसे बाद कमल के मन में 'चाहत' के विचार आने लगभग बंद हो गए। अब वह अपने गलत निर्णय पर लज्जित या चिंतित नहीं बल्कि खुश थी। अगर वह डेंटिस्ट बनने का गलत निर्णय न लेती तो उसे पता ही न चलता कि वह असल में जीवनभर क्या करना चाहती है, क्या बनना चाहती है? डेंटिस्ट्री छोड़ने के बाद वह किस क्षेत्र में कार्य करना चाहती थी, यह जानने के लिए उसने लिखित मनन का सहारा लिया। लिखित मनन का सबसे बड़ा फायदा यह था कि कमल के विचारों को नई दिशा मिली। जिसके फलस्वरूप वह अपने करियर से जुड़े हर पहलू पर प्रैक्टिकली विचार कर पाई और विचारों की भूलभुलैया में भटकने से बच गई।

सबसे पहले उसने पसंद आनेवाले क्षेत्रों की सूची अपनी डायरी में लिखी। फिर हर क्षेत्र के फायदे और नुकसान लिखे। किसी कार्य क्षेत्र का चुनाव करने के दो उद्देश्य कमल के समक्ष थे- आर्थिक स्थिरता और मानसिक संतुष्टि। फायदे और नुकसान की सूची बनाते हुए उसने इन दोनों उद्देश्यों को ध्यान में रखते हुए मनन किया। फिर उसने तीन क्षेत्रों में आखिरी चुनाव किया।

ज कि च?

अगले पृष्ठ पर जाएँ।

यह चुनाव कमल ने अपनी कल्पना शक्ति के आधार पर किया। दिनभर में वह रात के समय में ही सबसे ज़्यादा चुस्त रहती थी। उसका मनपसंद काम जैसे पढ़ना या चित्र निकालना, वह ज़्यादातर रात के समय पर ही किया करती थी। उसने मनन करने के लिए यही समय चुना क्योंकि इसी समय पर उसका मन अधिक जाग्रत रहता था। कमल अपने कमरे में खिड़की के बगलवाली कुर्सी पर आँख बंद करके बैठ गई और एक शांत धुन का भजन सुनने लगी। जिससे उसका मन खाली, शांत और स्थिर हुआ। इस अवस्था में पहुँचकर उसने प्रार्थना की-

'अब मैं जो भी चुनाव करने जा रही हूँ, वह मेरा उच्चतम चुनाव बने।
जिस उद्देश्य से यह चुनाव किया जा रहा है वह उद्देश्य फलित हो...
ताकि इस पृथ्वी पर मैं जो कार्य करने आई हूँ, वह पूर्ण हो...
ताकि डेंटिस्ट बनने के मेरे गलत निर्णय से जो भी नुकसान हुए हैं,
वे मिट जाएँ और मैं एक आनंदी जीवन जी पाऊँ।
यह चुनाव करते समय मुझे 'ज कि च?' सदा याद रहे।
जीवन का यह महत्वपूर्ण निर्णय मैं दिल और दिमाग
दोनों का इस्तेमाल करते हुए ले पाऊँ।'

इस प्रार्थना से कमल ने अपने अंतर्मन को तैयार कर, बाह्यमन को ग्रहणशील बनाया। फिर जिन तीन क्षेत्रों को उसने चुना था, उन क्षेत्रों में कार्य करते हुए वह खुद को देखने लगी। बीस साल की उम्र में कार्य करते हुए क्या महसूस हो रहा था, फिर तीस साल की उम्र में वही कार्य करते हुए क्या महसूस हो रहा था... चालीस साल की उम्र में... पचास साल की उम्र में... जीवनभर वह कार्य करते हुए कैसा महसूस होगा, यह कमल अपनी कल्पना शक्ति का इस्तेमाल करते हुए परखने लगी। उम्र की तरह उसने खुद को अलग-अलग जगहों, परिस्थितियों और सुविधाओं में भी वही कार्य करते हुए देखा। क्योंकि कमल ने हरेक पसंदीदा क्षेत्र के साथ पहले लिखित मनन किया था इसलिए वह 'कल्पना ध्यान' आसानी से कर पा रही थी। वह शेखचिल्ली के खयाली पुलाव नहीं पका रही थी बल्कि पूर्ण अभ्यास के साथ, अपना उद्देश्य ध्यान में रखते हुए खुद के भविष्य की कल्पना कर रही थी। आधे घंटे तक इस ध्यान में हर संभावना को परखने पर कमल ने आखिरकार अपना चुनाव किया।

ज कि च?

कमल का चुनाव जानने के लिए पृष्ठ क्रमांक 15 पर जाएँ।

48

'कमल, शर्मा आंटी तो बस यूँ ही कुछ न कुछ बोलते रहती हैं।' इंद्रजीत ने अपनी पत्नी को समझाने की कोशिश की।

'इंद्रजीत, लोग क्या कहते हैं, इससे मुझे कोई फर्क नहीं पड़ता... मैं क्या कह रही हूँ, कर रही हूँ, सोच रही हूँ... इससे फर्क पड़ता है। और आज मैंने अपनी चाहत को चुनकर गलत ही किया है।' कमल के मुख पर अपराधबोध के भाव उमड़ रहे थे।

'लेकिन हम तो बस गप्पे लड़ा रहे थे माँ... इसमें चाहत का चुनाव कहाँ हुआ?' माँ का कहना न समझने पर संकल्प ने निष्पाप भाव से पूछा।

'बेटा... हम अकसर बेहोशी में, सूक्ष्मतम स्तर पर अपने अहंकार को पुष्टि देते रहते हैं। जैसे कि हम अब दे रहे थे... ऊपरी तौर पर देखा जाए तो हम बस बातें कर रहे थे, जैसे कई परिवार करते होंगे, दोस्त किसी कॉफी हाऊस में मिलकर करते होंगे या किसी समारंभ में रिश्तेदार मिलने पर करते होंगे। इसमें कुछ गलत प्रतीत नहीं होता। मगर मनन करेंगे तो पता चलेगा कि हम चारों मिलकर बस दूसरों की निंदा ही कर रहे थे, किसी की अनुपस्थिति में उसकी बुराई करके हम सब मिलकर रस्सियों से बँधकर, सिकुड़ जाते हैं। नन्हीं परी ने दी हुई सीख भूलकर खुद को कर्मबंधनों में जकड़ रहे थे। दूसरों की खामियों के बारे में बोलते हुए हम हमदर्दी नहीं जता रहे थे... बल्कि खुश हो रहे थे कि हम उन लोगों से बेहतर हैं। हममें वे गुण हैं जो उनमें नहीं हैं। सच बताओ, क्या हमें दूसरों की अनुपस्थिति में उनकी बुराई करने की ज़रूरत है, उसका कोई फायदा है?' कमल ने अपने भाव कपटमुक्त बयान किए। उसने शर्मा आंटी पर गुस्सा होकर अहंकार की 'चाहत' का नहीं बल्कि इस घटना में खुद पर मनन करके अपनी 'ज़रूरत' को चुना था।

'माँ ठीक कहती है बच्चों। हमें इस तरह किसी की बुराई नहीं करनी चाहिए। ऐसा करके हम अपने ही सर्वांगीण विकास में बाधा बन रहे हैं।' कहकर इंद्रजीत ने कमल की बात का समर्थन किया।

'हमारी कही हुई दो-चार पंक्तियों का असर हमारे विकास पर कैसे हो सकता है?' संकल्प जानता था कि दूसरों की बुराई नहीं करनी चाहिए मगर बुराई करने से क्या होता है यह समझ नहीं पा रहा था।

ज कि च?

इस सवाल का जवाब जानने के लिए पृष्ठ क्रमांक 50 पर जाएँ।

दुनिया का सबसे छोटा मंत्र

49

अपने दोस्तों का कल सा व्यवहार देखकर सिद्धांत अब सिर्फ नाराज़ ही नहीं बल्कि गुस्सा भी हो रहा था। क्षमीक की तरह गुस्सा छोड़, क्षमा का चुनाव करना उसके लिए मुश्किल साबित हो रहा था। उसने गुस्से में आकर एक दोस्त को ऊँची आवाज़ में जवाब दिया, 'अरे मैं तो सिर्फ एक स्पीच भूल गया था... तुम तो परीक्षा में सब कुछ भूल जाते हो! अंडे मिलते हैं तुम्हें! अंडे!' यह बात सुनकर एक क्षण पूर्व हँसनेवाला दोस्त भी अब गुस्सा हो गया। उसने भी सिद्धांत को कड़ा जवाब दिया और देखते ही देखते दोनों में हाथा पाई शुरू हो गई। कक्षा के बाहर खड़ी सिद्धांत की टीचर ने यह देखते ही कक्षा में प्रवेश कर, सिद्धांत और उसके दोस्त की हाथा पाई रोक दी मगर अब बहुत देर हो चुकी थी। टीचर ने दोनों को डाँटा और कक्षा से बाहर निकालकर मुर्गा बनने की सज़ा दी।

सिद्धांत ने गुस्से में गलत निर्णय लिया था और अब सज़ा भुगतते हुए गुस्सा ठंढा होने पर उसे अपने निर्णय पर पछतावा हो रहा था। उसके मन में बार-बार यह सवाल उमड़ रहा था कि 'ज कि च ?'... सुनहरा सिक्का इत्यादि सब कुछ मालूम होने के बावजूद भी वह सही चुनाव क्यों नहीं कर पाया था? उसने घर जाते ही माँ से इस बारे में पूछने का निर्णय लिया। सज़ा पूरी होने तक सिद्धांत पूरी तरह से शांत हो चुका था। अपनी गलती पकड़ने के पश्चात उसने वह किया जो उसे पहले ही करना चाहिए था- दोपहर की छुट्टी के समय उसने अपने दोस्तों से, अपनी टीचर से अपने गलत व्यवहार के लिए माफी माँगी। जिससे उसे कुछ राहत महसूस हुई मगर रह-रहकर एक ही सवाल मन में उठ रहा था- वह सही समय पर ही सही चुनाव क्यों न कर सका?

स्कूल छूटने के बाद घर पहुँचते ही सिद्धांत ने माँ को आज की घटना के बारे में बताया, 'माँ... मैं जानता हूँ, मुझे झगड़ा नहीं करना चाहिए था। मेरे मन में झगड़ा शुरू करने से पहले यह विचार भी आया था कि झगड़ा करना गलत है, मुझे ऐसा नहीं करना चाहिए। मगर फिर भी मैंने उस विचार को नज़रअंदाज़ करके झगड़ा किया। ऐसा क्यों हुआ माँ? मैं नहीं चाहता कि मैं आगे चलकर ऐसे ही गलत निर्णय लेता रहूँ!' इस पर माँ ने सिद्धांत को पहले हाथ-मुँह धोकर कुछ खा लेने की सलाह दी। जब सिद्धांत खाने की मेज़ पर बैठा खाना खा रहा था तब माँ भी उसके पास आकर बैठ गई और उसे 'इन-साफ' करने के बारे में बताया।

 आखिर क्या है ये 'इन-साफ'? जानने के लिए पढ़ें- पृष्ठ क्रमांक 20

'हमारी अभी की बातचीत से कपटमुक्त बताओ कि जब मैं आचार्यजी का नाम लेता हूँ तब तुम्हारे मन में सबसे पहले कौन सा चित्र आता है?' पापा ने सिद्धांत और संकल्प से पूछा।

'आचार्य अंकल पुराने स्टाईल के कपड़ों में खड़े हैं', सिद्धांत ने तुरंत कहा। उसी को समर्थन करते हुए संकल्प ने कहा- 'मेरे मन में भी यही चित्र बनता है।'

'इसका मतलब यह हुआ कि तुम दोनों को आचार्यजी की नकारात्मकता ही याद रही। आचार्यजी भारत के सर्वोत्तम बागवानी चिकित्सकों में से एक हैं, यह बात किसी को याद ही नहीं आई।' पापा की इस बात को सुनकर संकल्प स्तब्ध रह गया। उसके मुख से एक भी शब्द निकल नहीं पा रहा था।

मानो, संकल्प के मन की बात पढ़ते हुए ही पापा ने आगे समझाया, 'इसमें तुम्हारी कोई गलती नहीं है। यह तो इंसान का स्वभाव है। वह किसी की नकारात्म कता को आसानी से और सकारात्मकता को बड़ी कठिनाई से याद रख पाता है। फिर जब वह इंसान अगली बार उसके सामने आता है तब वह उसे नकारात्मक नज़रिए से ही देखता है, उसके गुणों की सराहना करने से चूक जाता है। अब बताओ, अगर तुम आचार्यजी के पुराने ढंग के कपड़ों पर ही अपना ध्यान केंद्रित करोगे तो क्या उनसे कुछ अच्छा सीख पाओगे? क्या उनके बारे में कुछ अच्छा सोच पाओगे?'

कुछ क्षण मनन करके संकल्प ने जवाब दिया, 'नहीं... मैं उन्हें अपने पुराने चश्मे से ही देखता रहूँगा। वे शायद बदल भी गए हों लेकिन मुझे वह बदलाव नज़र नहीं आएगा।'

काफी देर से चुपचाप बैठकर सबकी बातें सुननेवाले सिद्धांत ने अब अपनी बात बयान की, 'इसका मतलब है कि हमें नकारात्मक न बोलते हुए, सकारात्मक चीज़ें बोलनी चाहिए।'

'बिलकुल सही!' कहकर माँ ने उसे शाबाशी दी। फिर पापा ने आगे समझाया- 'सिद्धांत, संकल्प, किसी भी घटना या किसी व्यक्ति के बारे में इंसान को नकारात्मक बोलना ही नहीं चाहिए। हर घटना में, हर इंसान में कुछ न कुछ सकारात्मक होता है, जिसे खोज निकालना चाहिए। असल में सकारात्मकता से बढ़कर भी कुछ है, जिसकी पहचान होना इंसान की सबसे बड़ी ज़रूरत है।'

ज कि च?

आखिर क्या है इंसान की सबसे बड़ी ज़रूरत? जानें पृष्ठ क्रमांक 53 पर।

सिद्धांत के मन में विचारों का बवंडर उठ रहा था... उसे मम्मी-पापा की सभी बातें याद आ रही थीं... नन्हीं परी का वरदान... डी.एन.ए... जोक या चोट...। उसे बुरा लग रहा था, गुस्सा भी आ रहा था, उसके लिए चुनाव करना मुश्किल हो रहा था। सिद्धांत ने अपनी आँखें बंद कर ली... उसके मन में कई विचार दौड़ लगा रहे थे। दोस्तों से नाराज़ होकर 'चोट' का चुनाव करना आसान लग रहा था किंतु उसे इस बात का भी एहसास था कि क्षमाशील बनते हुए 'जोक' का चुनाव करना ही सही है। सिद्धांत ने आँखें खोली और मुस्कराते हुए अपने दोस्तों से कहा, 'मैं भुलक्कड़ नहीं हूँ... जो गलती मुझसे हुई, तुममें से किसी से भी हो सकती थी। तुम सब मुझ पर हँसे, इसका मुझे पहले बुरा ज़रूर लगा था मगर अब नहीं। अब मैं जानता हूँ कि तुम लोगों को क्षमा करने में ही मेरा फायदा है, मुझे डी.एन.ए. में अटकना नहीं है और "ज कि च?" में से "ज" का ही चुनाव करना है।' इतना कहकर सिद्धांत अपनी जगह पर जाकर बैठ गया।

बच्चे इस बात से अनजान थे कि कक्षा के बाहर खड़ी टीचर उनकी बातें सुन रही थी। सिद्धांत की बातें सुनकर और उसका सभी दोस्तों को बिना चिढ़े माफ कर देना देखकर उन्हें सिद्धांत के प्रति गर्व और कुतूहल महसूस हो रहा था। सिद्धांत की बातों का अर्थ समझने हेतु टीचर ने कक्षा में आते हुए सिद्धांत से पूछा, 'सिद्धांत... मैं खुश हूँ कि तुमने एक समझदार बच्चे की तरह सबको माफ कर दिया लेकिन डी.एन.ए. और "ज कि च?" का क्या मतलब है?' सिद्धांत ने खड़े होकर जवाब दिया, 'टीचर, डी.एन.ए का मतलब है- डबल नुकसान आदत और "ज कि च?" के दो अर्थ होते हैं- ज़रूरत या चाहत और जोक या चोट। इनके बारे में मुझे मेरे मम्मी-पापा ने सिखाया है। कल की वक्तृत्व कला प्रतियोगिता में मैंने इसी विषय पर स्पीच तैयार की थी।'

'तो क्या तुम कल की स्पीच आज देना पसंद करोगे?' टीचर ने मुस्कराकर पूछा। सिद्धांत को अपने कानों पर विश्वास ही नहीं हो रहा था। उसे कल की कहानी फिर याद आई... वह अपने दोस्तों के संग बँधी हुई रस्सियों को गायब होते हुए देख पाया। उसने तुरंत टीचर को हाँ कहा और पूरी कक्षा के सामने अपनी स्पीच दी। आज की स्पीच में उसने कल सीखी हुई बातें भी जोड़ दी थी। स्पीच खत्म होने पर सभी ने तालियाँ बजाईं और दोस्तों ने सिद्धांत से माफी भी माँगी। सिद्धांत को एहसास हुआ कि कल उसकी स्पीच इतनी अच्छी नहीं हो पाती, जितनी आज हुई थी।

आगे की कहानी पढ़ें पृष्ठ क्रमांक 22 पर।

गुरु की शिक्षाओं का पालन करते हुए खुद पर कपटमुक्त मनन करनेवाले किसी भी शिष्य के मन में बच्चों का तीसरा सवाल उठना स्वाभाविक था। गौर करनेवाली बात यह थी कि माँ-बेटों का रिश्ता इतना खूबसूरत था कि अपनी छोटी से छोटी शंका पूछने में भी बच्चों के मन में संकोच या किसी भी प्रकार का डर नहीं था। वे अपने माता-पिता से किसी भी विषय पर आसानी से बातचीत कर पाते थे। हर शंका को सही तरीके से दूर करना माता-पिता की ज़िम्मेदारी थी और वे उसे बखूबी निभा रहे थे। इस वक्त माँ इस बात से परेशान नहीं थी कि सवाल कितना बचकाना था बल्कि इस बात से खुश थी कि बच्चों को खुद से मनन करने की आदत पड़ रही थी, अपने विकास को लेकर उनके मन में सवाल उठ रहे थे क्योंकि सवाल उठना एक अच्छा संकेत था। वरना कई माता-पिता अपने बच्चों के सवालों को टाल देते हैं, ज़्यादा सवाल पूछने पर बच्चों को डाँटते हैं, उन्हें खुद मनन करने की आदत नहीं होती इसलिए वे अपने बच्चों को भी यह महत्वपूर्ण आदत नहीं लगा पाते।

बच्चों के सवाल का जवाब देते हुए माँ ने कहा, 'सबसे पहले यह समझ लो कि कनफ्यूज होना अच्छा होता है। इससे पता चलता है कि इंसान सोचने की अपनी शक्ति का पूर्ण इस्तेमाल कर रहा है। कनफ्यूज होने पर सामनेवाले को सवाल पूछना तो और भी अधिक बेहतर होता है। ज़िंदगीभर बुद्धू रहने से तो अच्छा है कि हम कुछ क्षणों के लिए बुद्धू कहलाए जाएँ। इसलिए मैं खुश हूँ कि तुम दोनों खुद से मनन कर रहे हो और सवाल भी पूछ रहे हो। कीप इट अप!

और रही बात 'ज कि च?' के अलग-अलग अर्थों की तो पहले यह समझ लो कि 'ज कि च?' पूछने के पीछे मूल उद्देश्य क्या है? यह सवाल हम खुद से पूछते हैं ताकि कोई भी निर्णय लेने से पहले हम सही चुनाव कर पाएँ। ऐसे में किसी भी 'ज कि च?' का इस्तेमाल करने में कोई दिक्कत नहीं है; बस हमारा 'सही चुनाव कर पाना' यह उद्देश्य पूर्ण होना चाहिए। 'ज कि च?' यह एक सहायक सवाल है जो तुम्हें निर्णय लेने में मदद कर, सही निर्णय लेने की प्रक्रिया को सरल बनाता है, समझे?'

इस पर संकल्प ने मन में उठा सवाल तुरंत पूछ लिया, 'समझ गया माँ... लेकिन क्या आपके मन में भी इस तरह के सवाल उठते हैं? क्या आप भी 'ज कि च?' का हरेक घटना में इस्तेमाल कर पाती हैं?'

 संकल्प के प्रश्न का माँ क्या जवाब देगी, जानने के लिए पृष्ठ क्रमांक 25 पर जाएं।

53

'इंसान की सबसे बड़ी ज़रूरत?' संकल्प ने आश्चर्य से पूछा।

'हाँ बेटा... इस ज़रूरत के सामने बाकी सारी ज़रूरतें फीकी पड़ जाती हैं और चाहतों का तो नामों-निशान ही मिट जाता है। पता है यह ज़रूरत क्या है?' नकारात्मकता और सकारात्मकता से परे क्या हो सकता है, यह सोचने के लिए सिद्धांत और संकल्प को कुछ समय पापा ने दिया। दोनों के चेहरों पर प्रश्नचिन्ह देखकर माँ ने कहा, 'इंसान की सबसे बड़ी ज़रूरत है सामनेवाले के अंदर बसी उस खुशी को पहचानना, जो उसके अंदर भी मौजूद है।'

'यानी हम सबके अंदर खुशी है?' सिद्धांत ने माँ की बात का अर्थ समझने हेतु सवाल पूछा। इस पर पापा ने सिद्धांत को फिर गोदी में लेकर समझाया, 'हाँ बेटा! हम सबके अंदर खुशी है... इस खुशी को कई नामों से जाना जाता है। कोई इसे ईश्वर कहता है, कोई अल्लाह कहता है, कोई कुदरत कहता है तो कोई चैतन्य कहता है। हम इसे ''खुशी'' कहेंगे क्योंकि जब हम सामनेवाले के अंदर बसे चैतन्य को पहचान पाते हैं तब हमें बहुत खुशी होती है। इस तरह की खुशी हमें किसी भी चीज़ या किसी भी सफलता से नहीं मिल सकती, सिर्फ सामनेवाले को पहचानने पर ही मिल सकती है। यह खुशी हर पल, हर क्षण हरेक इंसान के साथ रहती ही है। बस कभी-कभी इंसान इसके बारे में भूल जाता है। खासकर तब जब वह क्रोधित हो, बोर हो रहा हो या उसके मन में डर, नफरत, कपट, लालच, चिंता, ईर्ष्या जैसे विकारों के विचार उठ रहे हों। लेकिन जब इंसान हरेक के अंदर बसे उस खुशी को पहचानता है तब कुछ क्षणों के लिए उसे उपरोक्त सभी विकारों से मुक्ति मिलती है और यही उसकी सबसे बड़ी ज़रूरत है!'

'पापा... इस ''खुशी'' का एहसास हमें कब होगा?' संकल्प के अंदर अधिक जानने की प्यास जग रही थी।

'इस ''खुशी'' का एहसास तुम्हें तब होगा, जब तुम ''महाआसमानी महानिवासी'' शिविर करोगे।' पापा ने जवाब दिया। 'तब तक यह याद रखो कि सामनेवाले में वह ढूँढ़ने की कोशिश करो जिससे तुम्हें खुशी मिले, जिससे तुम्हारी चेतना का स्तर बढ़े। अगर यह उस क्षण संभव नहीं है तो कुछ न कुछ सकारात्मक देखकर उस इंसान से सीखने की कोशिश करो मगर कभी भी नकारात्मक चीज़ें मत देखो, समझे?'

ज कि च?

महाआसमानी शिविर की अधिक जानकारी के लिए पृष्ठ क्रमांक 63 पढ़ें।
आगे की कहानी पढ़ने के लिए पृष्ठ क्रमांक 57 पर जाएँ।

माँ ने उच्चतम चुनाव का अर्थ समझाते हुए कहा, 'हर इंसान के सामने तीन चुनाव होते हैं- सही, गलत और उच्चतम। गलत चुनाव करने से इंसान खुद का नुकसान करता है और सही चुनाव करने से फायदा। मगर उच्चतम चुनाव उस इंसान के साथ-साथ उसके आस-पास के लोगों के लिए भी फायदेमंद होता है। इसे समझने के लिए चक्की सिंग की तरह ही जैकी सिंग की कहानी सुनो- जैकी सिंग भी उसी रास्ते से जाया करता था। एक दिन वह भी चलते-चलते केले के छिलके से फिसलकर गिर गया। दूसरे दिन उसी रास्ते पर जब उसने फिर से एक केले का छिलका देखा तो उसने तुरंत उसे उठाकर रास्ते के किनारे फेंक दिया। तीसरे दिन उसी रास्ते पर उसने भी चक्की सिंग की तरह दो केले के छिलके देखे। तब उसने सोचा, 'लगता है, यहाँ के लोग केले बहुत खाते हैं तो क्यों न यहाँ पर केले का व्यापार किया जाए।' सो उसने वहाँ पर केले का धंधा शुरू कर दिया और वह उसमें सफल भी हुआ। इसे कहते हैं उच्चतम चुनाव। जैकी सिंग के चुनाव से लोग छिलके से फिसलकर गिरने से बच गए और उन्हें केले भी आसानी से उपलब्ध होने लगे, 'समझे? अब बताओ सिद्धांत, तुम्हारा उच्चतम चुनाव क्या हो सकता था?'

कुछ सोच-विचार करने के बाद सिद्धांत ने जवाब दिया, 'मुझे सर के जवाब बताने का इंतज़ार नहीं करना चाहिए था। मुझे उन्हें बताना चाहिए था कि सवाल मुश्किल लग रहा है इसलिए इसे आसान करके बताएँ। इससे मैं तो सवाल समझ ही जाता, साथ ही पूरी क्लास के लिए भी आसानी हो जाती, है न?'

'बिलकुल सही! और संकल्प तुम्हारा उच्चतम चुनाव क्या होता?' यह पूछकर माँ ने बड़े बेटे से भी मनन करवाया। मनन करके संकल्प ने जवाब दिया, 'जिस तरह मैंने क्लास में मस्ती नहीं की, उसी तरह मुझे अपने दोस्तों को भी समझाना चाहिए था कि वे भी मस्ती न करें। इससे अंत में पूरी क्लास प्रिन्सिपल से सज़ा पाने से बच जाती और मैं चक्की सिंग से जैकी सिंग बन जाता।'

'मस्ती करना गलत नहीं है लेकिन यह याद रखना ज़रूरी है कि क्लास में हम पढ़ने जाते हैं और प्लेग्राउंड पर मस्ती करने... है न? तो आज हमने क्या सीखा?' माँ ने पूछा।

'आज हमने सीखा कि हमें चक्की सिंग नहीं बल्कि जैकी सिंग बनना चाहिए

आगे के पृष्ठ पर जाएँ।

यानी हमने 'ज कि च?' का एक और अर्थ सीखा।' यह कहकर सिद्धांत ने अपना आश्चर्य व्यक्त किया। 'हाँ बेटा! एक और अर्थ, 'जैकी सिंग और चक्की सिंग' के साथ हमें यह भी याद रखना है कि जिस-जिस घटना में संभव हो, उच्चतम चुनाव ही करें। अगर उच्चतम चुनाव संभव नहीं है तो कम से कम सही चुनाव तो करें ही मगर किसी भी हालत में गलत चुनाव न करें। तो बताओ आज के बाद अगर किसी घटना में तुम्हारे सामने एक से अधिक विकल्प (ऑप्शन) हों तो क्या तुम्हें 'जैकी सिंग और चक्की सिंग' की कहानी याद रहेगी?' माँ ने सवाल किया।

इस बार संकल्प ने जवाब दिया, 'हाँ माँ! अब हम इस 'ज कि च' का इस्तेमाल करने से कभी नहीं चूकेंगे। टी.वी. देखने की इच्छा हो, काम के समय मोबाईल पर गेम खेलने का मन करे या पढ़ाई के लिए 'बाद में... बाद में' करे तो हम खुद से 'ज कि च?' पूछे बगैर निर्णय लेंगे ही नहीं! और अगर सिद्धांत 'ज कि च?' का इस्तेमाल करना भूल जाए तो मैं उसका बड़ा भाई होने के नाते उसे उसकी गलती का एहसास दिलाऊँगा, उसे डाँटकर सही रास्ते पर लेकर आऊँगा। तुम निश्चिंत रहो माँ!' ऐसा कहकर संकल्प सिद्धांत को चिढ़ाने लगा। अब सिद्धांत की परीक्षा थी, यही समय था कि 'ज कि च?' का इस्तेमाल किया जाए और सिद्धांत इस परीक्षा में केवल उत्तीर्ण ही नहीं बल्कि उत्कृष्ट अंकों से उत्तीर्ण हुआ क्योंकि उसका जवाब था, 'भैया... आप मुझे गुस्सा दिलाने की चाहे जितनी भी कोशिशें कर लें, मैं चिड़चिड़ नहीं बल्कि जप ही करूँगा और सभी 'ज' का चुनाव कर पाएँ इसलिए मैं पूरे घर में 'ज कि च?' लिखे हुए पोस्टर भी लगाऊँगा!' माँ सिद्धांत के जवाब से इतनी खुश हुई कि जब बच्चे अपने कमरे में 'ज कि च?' के स्टिकर बना रहे थे तब माँ रसोईघर में उनका मनपसंद खाना बना रही थी।

शाम के समय जब पापा ऑफिस से लौटे तो उन्हें 'ज कि च?' के रिमाईंडर्स पूरे घर में छोटे-बड़े पोस्टर्स के रूप में मिले। पूरे परिवार के साथ लाजवाब खाने का स्वाद लेते हुए पापा ने अपने बेटों से दिनभर में घटी घटनाओं के बारे में जाना। जिसके उपरांत उन्होंने अपनी भावनाएँ व्यक्त कीं कि उन्हें अपने बच्चों पर गर्व महसूस हो रहा है। साथ ही उन्होंने अपनी पत्नी को भी धन्यवाद दिए, जो बच्चों की बेहतरीन परवरिश कर रही थी। बातचीत के दौरान संकल्प ने माँ से एक सवाल पूछा, जिससे

आगे के पृष्ठ पर जाएँ।
ज कि च?

निर्णय लेने का आसान तरीका

माँ को अपने जीवन का सबसे कठिन समय याद आया; ऐसा समय जो आगे चलकर उनके सफल भविष्य की नींव बना। वह सवाल था- क्या माँ भी हर घटना में 'ज कि च?' का इस्तेमाल करती थी?

संकल्प के सवाल का जवाब जानने के लिए पृष्ठ क्रमांक 25 पर जाएँ।

'समझ गए!' दोनों बच्चों ने एक साथ जवाब दिया। फिर सिद्धांत के मन में एक शंका उठी, 'माँ... लेकिन हमने तो लोगों के बारे में नकारात्मक बातें कर दी... अब क्या करें?'

'नकारात्मक बातें करने से क्या हुआ बताओ?' माँ ने सिद्धांत से ही सवाल पूछा।

'हम बहुत सारी रस्सियों में बँध गए।'

'और रस्सियों को मिटाने के लिए क्या करते हैं?'

'माफी माँगते हैं!'

'बिलकुल सही!' माँ ने सिद्धांत के सवाल का जवाब उसी से निकलवाया।

मानो, सिद्धांत ने अपने परिवार की बागडोर अपने हाथ में लेते हुए कहा, 'चलो... बातें बहुत हो गई, अब समय है कुछ करने का! माँ के हाथ का बना लाजवाब खाना खाने से पहले सभी कृपया ध्यान के आसन में आँखें बंद करके बैठ जाएँ।' सभी ने खुश होकर सिद्धांत की बात तुरंत मान ली। सिद्धांत ने आगे सूचना दी, 'अब सभी क्षमा साधना करेंगे। आज तक हमने जिन-जिन के बारे में नकारात्मक बातें की हैं, किसी को जाने-अनजाने में दुःख पहुँचाया है या किसी भी तरह की रस्सी बाँध ली है तो उस रस्सी को तोड़ने के लिए माफी माँगें और सामनेवाले को भी माफ करें। अगर कोई भी निर्णय लेना हो, किसी भी तरह का चुनाव करना हो तो सुनहरा सिक्का उछालें।'

इस दिन के बाद हर दिन सिद्धांत खाने से पूर्व सभी से क्षमा साधना करवाने लगा और खाने के बाद सभी सुनहरे सिक्के से संबंधित अपने-अपने अनुभव बताने लगे। इस तरह सिद्धांत, संकल्प, कमल और इंद्रजीत 'ज कि च?' के इस्तेमाल से जीवन के पाँचों स्तरों (शारीरिक, मानसिक, आर्थिक, सामाजिक और आध्यात्मिक) पर प्रगति की सीढ़ियाँ चढ़ने लगे थे। **अगर आप भी इस परिवार के सदस्यों की तरह अपने जीवन में सही निर्णय लेना चाहते हैं तो आज ही निर्णय लेना आरंभ करें- 'ज कि च?'**

●●●

ज कि च?

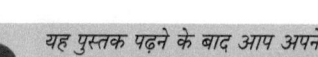

यह पुस्तक पढ़ने के बाद आप अपने विचार इस पते पर भेज सकते हैं :
Tej Gyan Foundation, Pimpri Colony Post office, P.O. Box 25, Pune - 411 017. Maharashtra (India).

चुनाव विश्लेषण

इस किताब की रचना ही इस तरह की गई है कि जैसे-जैसे कहानी आगे बढ़ती है, पाठक के मन में कई सवाल उठते हैं। उदाहरण के तौर पर- अगर सिद्धांत कैलिडोस्कोप बनाने के बजाय खरीदने का चुनाव करता तो क्या होता?

जब भी मन में इस तरह के सवाल उठने पर, अपना चुनाव बदलने की इच्छा जगे तो इस फ्लो चार्ट की मदद लेकर समांतर (पॅरलल) कहानी पढ़ सकते हैं।

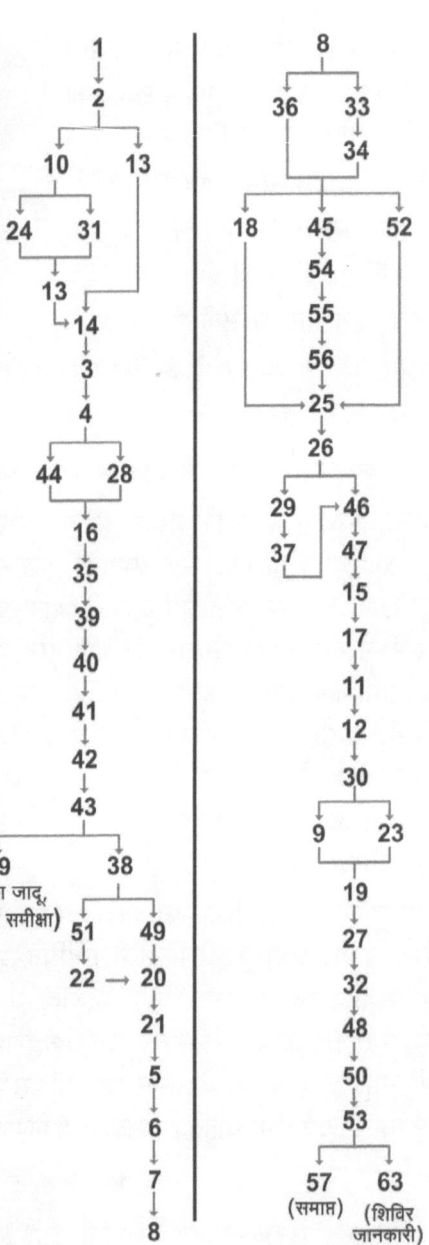

तेजज्ञान की अन्य श्रेष्ठ पुस्तकें

क्षमा का जादू

क्षमा माँगने की क्षमता को जानकर,
हर दुःख से मुक्ति पाएँ

Total Pages - 192 Price - 100/-
Also available in Marathi & English

क्या आप स्वयं से प्रेम करते हैं? क्या आप हमेशा खुश रहना चाहते हैं? क्या आप अपने पारिवारिक, सामजिक, व्यावसायिक रिश्तों को मधुर और मजबूत बनाना चाहते हैं? क्या आप जीवन में सफलता की सीढ़ियाँ चढ़ना चाहते हैं? यदि 'हाँ' तो आपको बस एक ही शब्द कहना सीखना है, 'सॉरी' यानी 'मुझे माफ करें'। सॉरी, क्षमा, माफी... भाषा चाहे कोई भी हो, पूरे दिल से माँगी गई माफी आपके जीवन में चमत्कार कर सकती है। प्रस्तुत पुस्तक आपको क्षमा माँगने की सही कला सिखाने जा रही है। इसमें आप सीखेंगे- ● क्षमा कब-कब, किससे और कैसे माँगे? ● दूसरों को क्यों और कैसे माफ करें? ● अपने सभी कर्मबंधनों को क्षमा के द्वारा कैसे मिटाएँ? ● क्षमा के द्वारा सुख-दुःख के पार पहुँचकर सदा आनंदित कैसे रहें?

निर्णय और ज़िम्मेदारी

वचनबद्ध निर्णय और ज़िम्मेदारी कैसे लें

Total Pages - 232 Price - 125/-
Also available in Marathi

सबसे बड़ी जिम्मेदारी कैसे लें? उच्च निर्णय क्षमता कैसे बढ़ाएँ? उठी हुई चेतना से निर्णय कैसे लें? निर्णय न लेने का निर्णय कैसे लें? समय रहते निर्णय लेने की कला कैसे सीखें? जिम्मेदारी आज़ादी की घोषणा है, जिम्मेदारी लेकर आज़ादी कैसे प्राप्त करें? गैर जिम्मेदारी के परिणामों से कैसे बचें? वादे निभाने की शक्ति द्वारा वचन पर कायम कैसे रहें? लिए गए कार्य को दिए गए समय पर कैसे पूर्ण करें? निरंतर अभ्यास से अपने अंदर दृढ़ संकल्प का निर्माण कैसे करें? इन सभी सवालों के जवाब इस पुस्तक में पढ़ें।

संपूर्ण प्रशिक्षण

सीखें महान महारत तकनीकें

Total Pages - 224 Price - 125/-

कुदरत के नियम समझनेवाले आत्मप्रशिक्षण लेने से नहीं कतराते, वे कभी छोटा लक्ष्य नहीं बनाते, इस वाक्य की सच्चाई साबित करना संपूर्ण प्रशिक्षण पुस्तक का लक्ष्य है।

इस पुस्तक में हर उस प्रशिक्षण को संजोया गया है, जो आपके लिए मील का पत्थर साबित होगा। आइए, कुछ प्रशिक्षणों पर नज़र डालते हैं- ✵आउट ऑफ बॉक्स सोचने का प्रशिक्षण ✵ नई चीज़ों को कम समय में सीखने का प्रशिक्षण ✵टीम में आत्मविकास का प्रशिक्षण ✵सोच-शक्ति को बढ़ाने का प्रशिक्षण ✵ जो मिला है, उसकी उचित देख-भाल कर सकने का प्रशिक्षण ✵कम शब्दों और समय में महत्वपूर्ण संदेश लोगों तक पहुँचाने का प्रशिक्षण ✵लक्ष्य को हर समय याद रख पाने का प्रशिक्षण

स्वसंवाद का जादू

अपना रिमोट कंट्रोल कैसे प्राप्त करें

Total Pages - 176 Price - 150/-
Also available in Marathi & English

स्वसंवाद द्वारा पाठक सुख-दुःख के रहस्य, विचारों की दिशा, स्वसंवाद संदेश, रोग निवारण, सेल्फ रिमोट कंट्रोल, कार्य की पूर्णता, नफरत से मुक्ति, उत्तम स्वसंवाद और नए विचारों को प्राप्त करने के उपाय जान सकते हैं। सरश्री कहते हैं - सकारात्मक स्वसंवाद पर विश्वास रखने से ही उत्तम जीवन जीने का पथ प्रशस्त हो सकता है। भावनाओं में भक्ति और शक्ति की युक्ति द्वारा कुदरत से सीधा संवाद स्थापित किया जा सकता है। कुल मिलाकर यह पुस्तक स्वसंवाद की महत्ता को रेखांकित करते हुए पाठकों को नई दिशा देती है।

सरश्री अल्प परिचय

स्वीकार मुद्रा

सरश्री की आध्यात्मिक खोज का सफर उनके बचपन से प्रारंभ हो गया था। इस खोज के दौरान उन्होंने अनेक प्रकार की पुस्तकों का अध्ययन किया। अपने आध्यात्मिक अनुसंधान के दौरान उन्होंने लगभग सभी ध्यान पद्धतियों का भी अभ्यास किया। उनकी इसी खोज ने उन्हें कई वैचारिक और शैक्षणिक संस्थानों की ओर बढ़ाया। जीवन का रहस्य समझने के लिए उन्होंने **एक लंबी अवधि तक मनन करते हुए अपनी खोज जारी रखी, जिसके अंत में उन्हें आत्मबोध प्राप्त हुआ।** आत्मसाक्षात्कार के बाद उन्होंने जाना कि **अध्यात्म का हर मार्ग जिस कड़ी से जुड़ा है वह है– समझ (अंडरस्टैण्डिंग)।** उसके बाद उन्होंने अपने तत्कालीन अध्यापन कार्य को विराम लगाते हुए, लगभग दो दशकों से भी अधिक समय अपना समस्त जीवन मानव कल्याण के आध्यात्मिक विकास हेतु अर्पण किया है।

सरश्री कहते हैं, 'सत्य के सभी मार्गों की शुरुआत अलग-अलग प्रकार से होती है लेकिन सभी के अंत में एक ही समझ प्राप्त होती है। **'समझ' ही सब कुछ है और यह 'समझ' अपने आपमें पूर्ण है।** आध्यात्मिक ज्ञान प्राप्ति के लिए इस 'समझ' का श्रवण ही पर्याप्त है।' इसी समझ को उजागर करने के लिए उन्होंने आज तक **तीन हज़ार से अधिक आध्यात्मिक विषयों पर प्रवचन दिए हैं,** जिनके द्वारा वे अध्यात्म की गहरी संकल्पनाएँ सीधे और व्यावहारिक रूप में समझाते हैं। समाज के हर स्तर का इंसान सरश्री द्वारा बताई जा रही समझ का लाभ ले सकता है।

यह समझ हरेक को अपने अनुभव से प्राप्त हो इसलिए सरश्री ने **'महाआसमानी परम ज्ञान शिविर'** और उसके लिए आवश्यक कार्यप्रणाली (सिस्टम) की रचना की है, **जिसका लाभ लाखों खोजी ले रहे हैं।** यह व्यवस्था आय.एस.ओ. (ISO 9001:2015) प्रमाणित है, जिसने अनेक लोगों को सत्य की राह पर चलने की प्रेरणा दी है। इसी समझ के प्रचार और प्रसार के लिए उन्होंने 'तेजज्ञान फाउण्डेशन' नामक आध्यात्मिक संस्था की

नींव रखी है। इस संस्था का मुख्य उद्देश्य है- **'हॅपी थॉट्स द्वारा उच्चतम विकसित समाज का निर्माण'**।

विश्व का हर इंसान आज सरश्री के मार्गदर्शन का लाभ ले सकता है, जिसके लिए किसी भी धर्म, जाति, उपजाति, वर्ण, पंथ, रंग या लिंग का बंधन नहीं है। विश्व के हर कोने में बसे लोग आज तेजज्ञान की इस अनूठी ज्ञान प्रणाली (System for Wisdom) का लाभ ले रहे हैं। इस व्यवस्था के एक हिस्से के रूप में **लाखों लोग रोज़ सुबह और रात को ९ बजकर ९ मिनट पर विश्व शांति के लिए प्रार्थना करते हैं।**

सरश्री को **बेस्टसेलर पुस्तक 'विचार नियम' श्रृंखला के रचनाकार** के रूप में भी जाना जाता है, जिसकी **१ करोड़ से ज़्यादा प्रतियाँ केवल ५ सालों** में वितरित हो चुकी हैं। इसके अलावा उन्होंने विविध विषयों पर **१०० से अधिक पुस्तकों का लेखन** किया है, जिनमें से 'विचार नियम', 'स्वसंवाद का जादू', 'स्वयं का सामना', 'स्वीकार का जादू', 'निःशब्द संवाद का जादू', 'संपूर्ण ध्यान' आदि पुस्तकें बेस्टसेलर बन चुकी हैं। ये पुस्तकें दस से अधिक भाषाओं में अनुवादित की जा चुकी हैं और प्रमुख प्रकाशकों द्वारा प्रकाशित की गई हैं, जैसे पेंगुइन बुक्स, जैको बुक्स, मंजुल पब्लिशिंग हाऊस, प्रभात प्रकाशन, राजपाल ऍण्ड सन्स, पेंटागॉन प्रेस, सकाळ प्रकाशन इत्यादि।

- विश्व शांति प्रार्थना -

'पृथ्वी पर सफेद रोशनी (दिव्य शक्ति) आ रही है।
पृथ्वी से सुनहरी रोशनी (चेतना) उभर रही है।
विश्व से सारी नकारात्मकता दूर हो रही है।
सभी प्रेम, आनंद और शांति के लिए
खुल रहे हैं, खिल रहे हैं।'

यह 'सामूहिक अव्यक्तिगत प्रार्थना' तेजज्ञान फाउण्डेशन के सदस्य पिछले कई सालों से निरंतरता से कर रहे हैं। खुश लोग यह प्रार्थना कर सकते हैं और बीमार, दुःखी लोग उस वक्त एक जगह बैठकर इस प्रार्थना को ग्रहण कर स्वास्थ्य लाभ पा सकते हैं।

यदि इस वक्त आप परेशान या बीमार हैं तो रोज़ सुबह या रात 9:09 को केवल ग्रहणशील होकर इस भाव से बैठें कि 'स्वास्थ्य और शांति की सफेद रोशनी जो इस वक्त प्रार्थना में बैठे कई लोगों द्वारा नीचे पृथ्वी पर उतर रही है, वह मुझमें भी अपना कार्य कर रही है। मैं स्वस्थ और शांत हो रहा हूँ।' कुछ देर इस भाव में रहकर आप सबको धन्यवाद देकर उठें।

तेजज्ञान फाउण्डेशन – परिचय

तेजज्ञान फाउण्डेशन आत्मविकास से आत्मसाक्षात्कार प्राप्त करने का एक रास्ता है। इसके लिए सरश्री द्वारा एक अनूठी बोध पद्धति (System for Wisdom) का सृजन हुआ है। इस पद्धति को अन्तर्राष्ट्रीय मानक ISO 9001:2015 के आवश्यकताओं एवं निर्देशों के अनुरूप ढालकर सरल, व्यावहारिक एवं प्रभावी बनाया गया है।

इस संस्था की बोध पद्धति के विभिन्न पहलुओं (शिक्षण, निरीक्षण व गुणवत्ता) को स्वतंत्र गुणवत्ता परीक्षकों (Quality Auditors) द्वारा क्रमबद्ध तरीके से जाँचा गया। जिसके बाद इन पहलुओं को ISO 9001:2015 के अनुरूप पाकर, इस बोध पद्धति को प्रमाणित किया गया है।

फाउण्डेशन का लक्ष्य आपको नकारात्मक विचार से सकारात्मक विचार की ओर बढ़ाना है। सकारात्मक विचार से शुभ विचार यानी हॅपी थॉट्स (विधायक आनंदपूर्ण विचार) और शुभ विचार से निर्विचार की ओर बढ़ा जा सकता है। निर्विचार से ही आत्मसाक्षात्कार संभव है। शुभ विचार (Happy Thoughts) यानी यह विचार कि 'मैं हर विचार से मुक्त हो जाऊँ।' शुभ इच्छा यानी यह इच्छा कि 'मैं हर इच्छा से मुक्त हो जाऊँ।'

ज्ञान का अर्थ है सामान्य ज्ञान लेकिन तेजज्ञान यानी वह ज्ञान जो ज्ञान व अज्ञान के परे है। कई लोग सामान्य ज्ञान की जानकारी को ही ज्ञान समझ लेते हैं लेकिन असली ज्ञान और जानकारी में बहुत अंतर है। आज लोग सामान्य ज्ञान के जवाबों को ज़्यादा महत्त्व देते हैं। उदाहरण के तौर पर कर्म और भाग्य, योग और प्राणायाम, स्वर्ग और नर्क इत्यादि। आज के युग में सामान्य ज्ञान प्रदान करनेवाले लोग और शिक्षक कई मिल जाएँगे मगर इस ज्ञान को पाकर जीवन में कोई बड़ा परिवर्तन नहीं होता। यह ज्ञान या तो केवल बुद्धि विलास है या फिर अध्यात्म के नाम पर बुद्धि का व्यायाम है।

सभी समस्याओं का समाधान है- तेजज्ञान। भय से मुक्ति, चिंतारहित व क्रोध से आज़ाद जीवन है- तेजज्ञान। शारीरिक, मानसिक, सामाजिक, आर्थिक और आध्यात्मिक उन्नति के लिए है- तेजज्ञान। तेजज्ञान आपके अंदर है, आएँ और इसे पाएँ।

यदि आप ऐसा ज्ञान चाहते हैं, जो सामान्य ज्ञान के परे हो, जो हर समस्या का समाधान हो, जो सभी मान्यताओं से आपको मुक्त करे, जो आपको ईश्वर का साक्षात्कार कराए, जो आपको सत्य पर स्थापित करे तो समय आ गया है तेजज्ञान को जानने का। समय आ गया है शब्दोंवाले सामान्य ज्ञान से उठकर तेजज्ञान का अनुभव करने का।

अब तक अध्यात्म के अनेक मार्ग बताए गए हैं। जैसे जप, तप, मंत्र, तंत्र, कर्म, भाग्य, ध्यान, ज्ञान, योग और भक्ति आदि। इन मार्गों के अंत में जो समझ, जो बोध प्राप्त होता है, वह एक ही है। सत्य के हर खोजी को अंत में एक ही समझ मिलती है और इस समझ को सुनकर भी प्राप्त किया जा सकता है। उसी समझ को सुनना यानी तेजज्ञान प्राप्त करना है। तेजज्ञान के श्रवण से सत्य का साक्षात्कार होता है, ईश्वर का अनुभव होता है। यही तेजज्ञान सरश्री महाआसमानी परम ज्ञान शिविर में प्रदान करते हैं।

महाआसमानी परम ज्ञान शिविर परिचय और लाभ (निवासी)

क्या आपको उच्चतम आनंद पाने की इच्छा है? ऐसा आनंद, जो किसी कारण पर निर्भर नहीं है, जिसमें समय के साथ केवल बढ़ोतरी ही होती है। क्या आप इसी जीवन में प्रेम, विश्वास, शांति, समृद्धि और परमसंतुष्टि पाना चाहते हैं? क्या आप शारीरिक, मानसिक, सामाजिक, आर्थिक और आध्यात्मिक इन सभी स्तरों पर सफलता हासिल करना चाहते हैं? क्या आप 'मैं कौन हूँ' इस सवाल का जवाब अनुभव से जानना चाहते हैं।

यदि आपके अंदर इन सवालों के जवाब जानने की और 'अंतिम सत्य' प्राप्त करने की प्यास जगी है तो तेजज्ञान फाउण्डेशन द्वारा आयोजित 'महाआसमानी परम ज्ञान शिविर' में आपका स्वागत है। यह शिविर पूर्णतः सरश्री की शिक्षाओं पर आधारित है। सरश्री आज के युग के आध्यात्मिक गुरु और 'तेजज्ञान फाउण्डेशन' के संस्थापक हैं, जो अत्यंत सरलता से आज की लोकभाषा में आध्यात्मिक समझ प्रदान करते हैं।

महाआसमानी परम ज्ञान शिविर का उद्देश्य :

इस शिविर का उद्देश्य है, 'विश्व का हर इंसान 'मैं कौन हूँ' इस सवाल का

जवाब जानकर सर्वोच्च आनंद में स्थापित हो जाए।' उसे ऐसा ज्ञान मिले, जिससे वह हर पल वर्तमान में जीने की कला प्राप्त करे। भूतकाल का बोझ और भविष्य की चिंता इन दोनों से वह मुक्त हो जाए। हर इंसान के जीवन में स्थायी खुशी, सही समझ और समस्याओं को विलीन करने की कला आ जाए। मनुष्य जीवन का उद्देश्य पूर्ण हो।

'मैं कौन हूँ? मैं यहाँ क्यों हूँ? मोक्ष का अर्थ क्या है? क्या इसी जन्म में मोक्ष प्राप्ति संभव है?' यदि ये सवाल आपके अंदर हैं तो महाआसमानी परम ज्ञान शिविर इसका जवाब है।

महाआसमानी परम ज्ञान शिविर के मुख्य लाभ :

इस शिविर के लाभ तो अनगिनत हैं मगर कुछ मुख्य लाभ इस प्रकार हैं–

* जीवन में दमदार लक्ष्य प्राप्त होता है।
* 'मैं कौन हूँ' यह अनुभव से जानना (सेल्फ रियलाइजेशन) होता है।
* मन के सभी विकार विलीन होते हैं।
* भय, चिंता, क्रोध, बोरडम, मोह, तनाव जैसी कई नकारात्मक बातों से मुक्ति मिलती है।
* प्रेम, आनंद, मौन, समृद्धि, संतुष्टि, विश्वास जैसे कई दिव्य गुणों से युक्ति होती है।
* सीधा, सरल और शक्तिशाली जीवन प्राप्त होता है।
* हर समस्या का समाधान प्राप्त करने की कला मिलती है।
* 'हर पल वर्तमान में जीना' यह आपका स्वभाव बन जाता है।
* आपके अंदर छिपी सभी संभावनाएँ खुल जाती हैं।
* इसी जीवन में मोक्ष (मुक्ति) प्राप्त होता है।

महाआसमानी परम ज्ञान शिविर में भाग कैसे लें?

इस शिविर में भाग लेने के लिए आपको कुछ खास माँगें पूरी करनी होती हैं। जैसे–

१) आपकी उम्र कम से कम अठारह साल या उससे ऊपर होनी चाहिए।
२) आपको सत्य स्थापना शिविर (फाउण्डेशन ट्रुथ रिट्रीट) में भाग लेना होगा, जहाँ आप सीखेंगे– वर्तमान के हर पल को कैसे जीया जाए और निर्विचार दशा में कैसे प्रवेश पाएँ।
३) आपको कुछ प्राथमिक प्रवचनों में उपस्थित होना है, जहाँ आप बुनियादी समझ

आत्मसात कर, महाआसमानी परम ज्ञान शिविर के लिए तैयार होते हैं।

यह शिविर एक या दो महीने के अंतराल में आयोजित किया जाता है, जिसका लाभ हज़ारों खोजी उठाते हैं। इस शिविर की तैयारी आप दो तरीके से कर सकते हैं। पहला तरीका- मनन आश्रम (पूना) में पाँच दिवसीय निवासी शिविर में भाग लेकर, दूसरा तरीका- तेजज्ञान फाउण्डेशन के नजदीकी सेंटर पर सत्य श्रवण द्वारा। जैसे- पुणे, मुंबई, दिल्ली, सांगली, सातारा, जलगाँव, अहमदाबाद, कोल्हापुर, नासिक, अहमदनगर, औरंगाबाद, सूरत, बरोडा, नागपुर, भोपाल, रायपुर, चेन्नई, वर्धा, अमरावती, चंद्रपुर, यवतमाल, रत्नागिरी, लातूर, बीड, नांदेड, परभणी, पनवेल, ठाणे, सोलापुर, पंढरपुर, अकोला, बुलढाणा, धुले, भुसावल, बैंगलोर, बेलगाम, धारवाड, भुवनेश्वर, कोलकत्ता, राँची, लखनऊ, कानपुर, चंदीगढ़, जयपुर, पणजी, म्हापसा, इंदौर, इटारसी, हरदा, विदिशा, बुरहानपुर।

इनके अतिरिक्त आप महाआसमानी की तैयारी फाउण्डेशन में उपलब्ध सरश्री द्वारा रचित पुस्तकें, सी.डी., कैसेटस् या यू ट्यूब के संदेश सुनकर भी कर सकते हैं। मगर याद रहे ये पुस्तकें, कैसेटस्, यू ट्यूब के प्रवचन शिविर का परिचय मात्र है, तेजज्ञान नहीं। आप महाआसमानी परम ज्ञान शिविर में भाग लेकर ही तेजज्ञान का आनंद ले सकते हैं। आगामी महाआसमानी परम ज्ञान शिविर में अपना स्थान आरक्षित करने के लिए संपर्क करें : 09921008060/75, 9011013208

अब एक क्लिक पर ही शिविर का रजिस्ट्रेशन !

तेजज्ञान फाउण्डेशन की इन शिविरों के लिए
अब आप ऑनलाईन रजिस्ट्रेशन भी कर सकते हैं-

* महाआसमानी महानिवासी शिविर (पाँच दिवसीय निवासी शिविर)
* मैजिक ऑफ अवेकनिंग (केवल अंग्रेजी भाषा जाननेवालों के लिए तीन दिवसीय निवासी शिविर)
* मिनी महाआसमानी (निवासी) शिविर, युवाओं के लिए

रजिस्ट्रेशन के लिए आज ही लॉग इन करें

www.tejgyan.org

महाआसमानी परम ज्ञान शिविर स्थान :

यह शिविर पुणे में स्थित मनन आश्रम पर आयोजित किया जाता है। इस शिविर के लिए भोजन और रहने की व्यवस्था की जाती है। यदि आपको कोई शारीरिक बीमारी है और आप नियमित रूप से दवाई ले रहे हैं तो कृपया अपनी दवाइयाँ साथ में लेकर आएँ। वातावरण अनुसार गरम कपड़े, स्वेटर, ब्लैंकेट आदि भी लाएँ।

'मनन आश्रम' पुणे शहर के बाहरी क्षेत्र में पहाड़ों और निसर्ग के असीम सौंदर्य के बीच बसा हुआ है। इस आश्रम में पुरुषों और महिलाओं के लिए अलग-अलग, कुल मिलाकर 700 से 800 लोगों के रहने की व्यवस्था है। यह आश्रम पुणे शहर से 17 किलो मीटर की दूरी पर है। हवाई अड्डा, हाइवे और रेल्वे से पुणे आसानी से आ-जा सकते हैं।

मनन आश्रम : मनन आश्रम, पुणे, सर्वे नं. ४३, सनस नगर, नांदोशी गाँव, किरकट वाडी फाटा, तहसील - हवेली, जिला : पुणे - ४११०२४. फोन : 09921008060

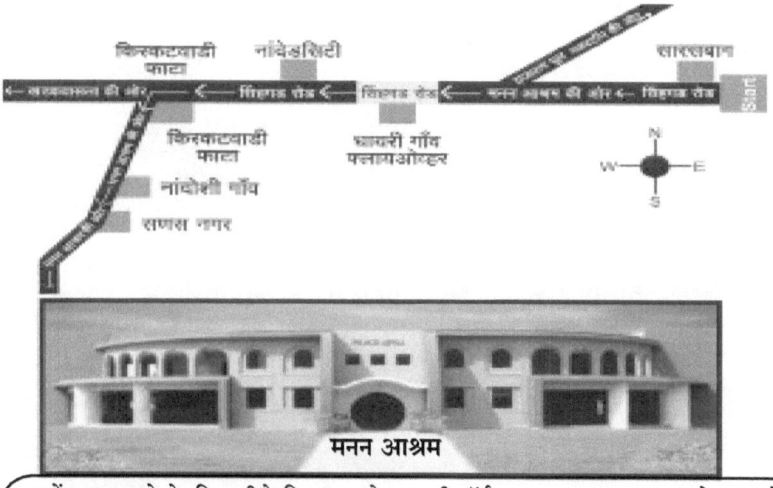

मनन आश्रम

पुस्तकें प्राप्त करने के लिए नीचे दिए गए पते पर मनीऑर्डर द्वारा पुस्तक का मूल्य भेज सकते हैं। पुस्तकें रजिस्टर्ड, कुरियर अथवा वी.पी.पी. द्वारा भेजी जाती हैं।

पुस्तकों के लिए नीचे दिए गए पते पर संपर्क करें।

* WOW Publishings Pvt. Ltd. रजिस्टर्ड ऑफिस-E-4, वैभव नगर, तपोवन मंदिर के नज़दीक, पिंपरी, पुणे-411017

* पोस्ट बॉक्स नं. ३६, पिंपरी कॉलोनी पोस्ट ऑफिस, पिंपरी, पुणे - 411017

फोन नं.: 09011013210 / 9623457873

आप ऑन-लाइन शॉपिंग द्वारा भी पुस्तकों का ऑर्डर दे सकते हैं।

लॉग इन करें - www.gethappythoughts.org

300 रुपयों से अधिक पुस्तकें मँगवाने पर डाक-व्यय के साथ १०% की छूट।

तेजज्ञान फाउण्डेशन – मुख्य शाखाएँ

पुणे (रजिस्टर्ड ऑफिस)
विक्रांत कॉम्प्लेक्स, तपोवन मंदिर के नज़दीक,
पिंपरी, पुणे-४११ ०१७. फोन : 020-27411240, 27412576

मनन आश्रम
सर्वे नं. ४३, सनस नगर, नांदोशी गाँव, किरकटवाडी फाटा,
तहसील- हवेली, जिला- पुणे - ४११ ०२४.
फोन : 09921008060

e-books
• The Source • Complete Meditation
• Ultimate Purpose of Success • Enlightenment
• Inner Magic • Celebrating Relationships
• Essence of Devotion • Master of Siddhartha
• Self Encounter, and many more.

Also available in Hindi at www.gethappythoughts.org

e-magazines
'Yogya Aarogya' & 'Drushtilakshya'
emagazines available on www.magzter.com

e-mail
mail@tejgyan.com

website
www.tejgyan.org, www.gethappythoughts.org

www.ingramcontent.com/pod-product-compliance
Lightning Source LLC
LaVergne TN
LVHW040159080526
838202LV00042B/3240
* 9 7 8 8 1 8 4 1 5 5 8 2 2 *